Ca
n
t.

CW01455426

17,

Né en 1947 à Saint-Étienne, Paul Fournel est entré à l'Oulipo en 1972, il en est le président depuis mai 2003. Il est l'auteur de nombreux ouvrages pour la jeunesse, de recueils de nouvelles – parmi lesquels *Les Athlètes dans leur tête* (Goncourt de la nouvelle 1989) –, des romans, un essai, *Besoin de vélo* (2001) et un dictionnaire cycliste, *Méli-Vélo*.

Paul Fournel

LES ATHLÈTES DANS LEUR TÊTE

NOUVELLES

Éditions du Seuil

Cette édition est enrichie de la nouvelle intitulée
« Une course exemplaire ».

TEXTE INTÉGRAL

ISBN 978-2-7578-3050-5

© Éditions du Seuil, 1994 et 2012

Pour le Baron

Autoportrait de l'homme au repos

Mon métier consiste à descendre du haut de la montagne jusqu'en bas. À descendre le plus vite possible. C'est un métier d'homme. D'abord parce que lorsqu'il est en haut, l'homme a envie de descendre en bas, ensuite parce que lorsqu'il y a plusieurs hommes en haut, ils veulent tous descendre plus vite les uns que les autres.

Un métier humain.

Je suis descendeur.

Il y a eu Toni Sailer, il y a eu Jean Vuarnet, il y a eu Jean-Claude Killy, il y a eu Franz Klammer, il y a eu les Canadiens et, maintenant, il y a moi. Je serai cette année champion du monde et, aux prochains Jeux olympiques, j'aurai la médaille d'or.

Je suis l'homme le plus équilibré de la montagne, le plus calme, le plus concentré, et mon travail consiste à fabriquer du déséquilibre.

Tous les grands descendeurs fabriquent du déséquilibre.

Descendre plus vite c'est d'abord descendre autrement ; de façon à semer l'inquiétude et le doute.

Faire peur. Skier de telle manière que les autres soient persuadés que vous ne tiendrez pas sur vos pattes, jusqu'à ce qu'une génération entière skie comme vous.

Dans une vie de descendeur, on ne peut inventer qu'un déséquilibre génial et un seul.

Les Canadiens sont arrivés sur le cirque avec la réputation de « crazy canaks » et deux saisons plus tard, les cinquante top-descendeurs du circuit glissaient comme eux.

Maintenant, il y a moi.

Être un grand descendeur est un état qui exige un don absolu de soi-même et une concentration totale. Je glisse à temps plein. Je glisse en montant les cols sur mon vélo en plein été. Je vis avec un sac de sable de cinquante kilos sur les épaules pour mieux glisser. Je souris au masseur et au skiman parce que je sais qu'ils m'aident à glisser. Je casse la tête de mon entraîneur qui est nul parce que je sais que cela m'aidera à glisser.

Prenez deux hommes à égalité de poids et de matériel, sur la même piste, mettez-les à côté l'un de l'autre et c'est toujours moi qui glisse le plus vite.

L'op-traken qui commande le premier schuss de la Streif à Kitzbühel, je le fais mille fois par semaine. Les bosses de la fin de Wengen, celles qu'on prend avec les jambes de plomb, je les fais chaque soir avant de me coucher. Je sais toutes les pistes du cirque au centimètre et, à cent quarante à l'heure, je les vois passer au ralenti.

Je me prépare aussi pour ces pistes molles et indécises que les hasards d'attribution des Jeux olympiques nous imposent. Les pistes tordues qui permettent à un Léonard Stock, le slalomeur, de devenir un champion de descente.

Tout compte dans votre carrière.

Un jour, l'essentiel devient la position de votre petit doigt de pied. C'est le doigt de pied qui fait la médaille. Vous avez raboté la semelle de la chaussure, vous avez changé quatorze fois le chausson intérieur, vous vous êtes mis en colère et vous avez perdu pour deux centièmes aux Houches sur la O.K. parce qu'en entrant dans le schuss à Battendier vous vous êtes demandé dans quelle position exacte était votre doigt de pied.

Quand je dors, je travaille, quand je mange, je travaille. Je dessine mes trajectoires, je modèle mes appuis. Mes cuisses et mon dos sont intraitables, je porte sans cesse sur le menton la marque de la jugulaire du casque. Lorsque le starter me libère sur la rampe de départ, il libère des tonnes de travail. Après, il reste un descendeur sur la piste qui n'a plus ni yeux, ni tête, ni jambes et qui glisse pour arriver en bas de la montagne plus vite que les autres hommes.

C'est la règle.

Et puis il y a le moment qui arrive forcément dans une vie, le seul moment de vrai repos, de repos absolu. Le repos du descendeur.

Vous avez passé le grand gauche et le grand droit à fond, vous rentrez dans le dévers et vous faites cette minuscule erreur de trajectoire, cette petite faute stupide (qui n'est pas d'inattention puisque les descendeurs ignorent l'inattention) qui vous tire quelques centimètres en dehors de la ligne idéale. Et là, c'est le vrai repos, le repos immense. Vous avez déjà perdu vingt centièmes, puis très vite un dixième et la course. Plus rien n'a d'importance, vous n'êtes plus un descendeur, vos muscles se relâchent, votre esprit se libère, vous savez que vous allez vous casser la gueule.

La cavalière

La première fois qu'il l'avait vue, c'était une fillette pâlotte qui donnait la main à son instituteur. Elle avait des jambes grêles qui semblaient commencer au-dessous de ses épaules et un visage long avec deux yeux noirs arrondis par une fatigue qu'on aurait dit perpétuelle.

Le maître l'avait conduite au gymnase car il lui était apparu qu'elle sautait sans effort beaucoup plus haut que toutes ses camarades et qu'avec un peu de travail on pourrait peut-être en tirer quelque chose…

L'entraîneur s'était penché vers la gamine.

– Et toi, qu'est-ce que tu veux faire ?

Elle avait roulé des yeux inquiets, jeté un regard vers son instituteur et s'était risquée à dire :

– Du cheval.

Ils avaient tous éclaté de rire. Pierrot l'avait aussitôt baptisée « la cavalière », et c'est ainsi qu'elle avait débuté sa carrière de sauteuse en hauteur.

À huit ans, elle passait 1,05 m sans le faire exprès et Pierrot, qui avait dix ans de plus qu'elle et sautait le double, la prit sous son aile dans le groupe des petits. Junior deuxième année, il venait de faire son entrée dans le cercle très fermé des espoirs et tentait de concilier le lycée et ses six entraînements hebdomadaires. Par-dessus le marché, il s'arrangeait toujours pour trouver une heure ou deux « pour les mômes ».

La cavalière travaillait sans enthousiasme avec une régularité insolente et une facilité naturelle qui ne s'émoussait pas.

À dix ans, benjamine, elle passait 1,15 m, à douze ans, minime, 1,35 m, à quatorze ans, cadette, 1,70 m. La puberté n'avait rien altéré dans sa morphologie : elle était restée immense. Ses muscles s'étaient à peine remplis, toujours aussi longs et puissants et il lui avait poussé deux nichons si minuscules qu'ils ne constitueraient jamais un handicap. C'était une sauteuse parfaite qui voltigeait de titres en records.

Pierrot plafonnait. Les centimètres supplémentaires étaient soudain devenus trop chers pour lui. Trop petit, le genou gauche trop fragile, pas tout à fait assez puissant pour un sauteur en amplitude, psychiquement un peu démobilisé, il était devenu prof de gym puis entraîneur premier degré, deuxième degré et troisième degré. Il avait abandonné les petits pour s'occuper des grands et finissait par ne plus travailler qu'avec les meilleurs.

Il protégeait sa cavalière. Jamais il n'avait vu autant de dons rassemblés dans une seule athlète. C'était la sauteuse-vitesse parfaite, elle planait au-dessus de la barre, engageait le bras sans raideur, tournait spontanément la tête dans la direction de son saut. Un régal. Son Stradivarius, comme il aimait à dire.

Il se régalait à lui faire effectuer des réglages minuscules : ouvrir un peu l'angle de la course d'élan, bien bloquer le bassin, expérimenter plusieurs positions du pied au moment de l'appui, retarder au maximum le fouetté des mollets... Tous les petits trucs qui allaient la mener à 1,90 m en junior et très au-dessus de 2 m plus tard. Elle était de la rare graine de recordwoman du monde. Il la couvait, lui apprenait à se concentrer en écoutant de la musique, lui faisait travailler ses muscles un par un, ses quadriceps et ses extenseurs du mollet.

Il allait la chercher à l'aube, la conduisait au lycée, la reconduisait le soir, savait la date de ses règles, lui choisissait ses survêtements, traitait ses contrats avec les organisateurs et les sponsors : un peu grand frère, un peu papa, entraîneur.

Lorsqu'ils partirent ensemble au championnat de France, il était sûr d'elle.

Elle avait passé 1,80 m au premier essai comme à l'entraînement, et, Pierrot, au premier rang des gradins, lui avait adressé un signe furtif de confiance.

La demi-finale du cent mètres hommes se courait au même moment. Sortie du sautoir, elle regarda les coureurs franchir la ligne. Le grand Martiniquais qui avait gagné en roue libre fit un crochet après la ligne d'arrivée et vint lui donner une petite tape amicale sur la joue. Surprise une seconde, elle s'ouvrit bientôt en un large sourire qui fit remonter ses yeux d'une façon irrésistible.

Pierrot, sur son gradin, fut instantanément foudroyé d'amour. Il l'aima de toutes les façons du monde à la fois : son sourire, ses yeux, sa course d'élan, ses vastes internes, ses deltoïdes, ses records, sa marge de progression, les années de travail en commun – qui pouvaient, il venait soudain de s'en rendre compte, être réduites à néant d'une tape charmeuse sur la joue. Il l'aima d'autant plus qu'il n'avait jamais songé à le faire, qu'il avait toujours été comblé de ce qu'elle lui donnait et que l'image de la gamine maigriotte rêvant de cheval ne l'avait jamais vraiment quitté.

Le soir même, il dit son amour à la nouvelle championne de France. Elle accepta l'hommage comme une beauté supplémentaire du jour, elle accepta la bague, elle accepta l'alliance, elle accepta le trois-pièces municipal, elle accepta de veiller à ne pas faire de bébé.

Il découvrit le bonheur de caresser ses muscles, de masser ses épaules, de toucher du doigt chaque soir son mystère. Il cherchait dans les baisers le secret qui la faisait sauter plus haut qu'il ne sauterait jamais.

Elle avait retrouvé son air grave et ses yeux de fatigue. Elle avait repris le chemin de ses entraînements et de ses compétitions. Rien n'était vraiment changé entre eux.

Éternellement assis au premier rang des gradins, il la regardait sautiller sur place avant sa course d'élan, hypnotisé par le petit geste réflexe qu'elle dessinait dans le vide avec le bout de ses doigts, fasciné par ce sursaut décisoire qui précédait sa première foulée.

Il la dévorait de ses yeux neufs dans ces moments d'effroyable solitude qu'il prenait pour de la liberté.

La course en tête

Il en va souvent ainsi des cyclistes : les plus malicieux manquent de cuisses et les plus cuissus manquent de malice. Ce Portugais était très cuissu. On avait rarement vu pareille passion pour le cyclisme et pareil acharnement à faire *le* métier et à le faire maladroitement. Fort comme une baleine, gracieux en machine comme un tabouret Louis-XV, il s'était fait une spécialité de longs raids impensables qui défiaient toute logique stratégique et physiologique et qui, pourtant, une fois sur dix le menaient à la victoire.

On l'aimait pour sa déraison, et ses confrères, plus économes et plus calculateurs, respectaient ses débauches. Il faut dire qu'ils n'étaient jamais mécontents de le voir sortir du peloton dès les premières heures de la matinée, tant son talent naturel pour le zigzag en faisait un voisin de route délicat.

Même livré à lui-même sur les nationales désertes, il se cassait souvent la figure. Le peloton passait alors à grande vitesse devant un attroupement de gendarmes, médecins et soigneurs, et se savait bientôt poursuivi par un Portugais sanguinolent et bandé, attardé cette fois, mais toujours seul.

Il avait couru plâtré, le crâne fêlé, l'épaule luxée. S'il l'avait fallu, il aurait gagné Bordeaux-Paris sur une jambe.

Le public prenait tout le temps de lui faire fête, il reconnaissait du fond des lignes droites son coup de pédale baroque et distribuait des applaudissements qui n'allaient qu'à lui. Il faut dire que le Portugais cultivait des élégances un peu désuètes qui menaient à reconnaître en lui le vrai champion. À l'ère des bidons d'aliments liquides, il laissait coquettement sortir la pointe d'une banane de la poche de son maillot et dévorait en pédalant des pilons de poulet.

Son goût du louvoiement le poussait à parcourir chaque année 10 % de distance de plus que ses adversaires et, pourtant, il durait. À quarante-trois ans, il aurait pu être le père de la moitié du peloton et attaquait sa vingt-quatrième saison. Il jugeait ses résultats en recul depuis deux ans et s'engueulait intérieurement.

Pendant ses longues heures de solitude où il pédalait comme un damné, il s'était mis à réfléchir. Le mot « reconversion » s'était glissé comme une écharde dans son cerveau. Lorsqu'il remplissait à coups de pédales rageurs le cahier des charges de sa future profession, il se retrouvait vite dans une impasse : un travail de plein air, bien payé, que l'on fait de préférence à cent vingt pulsations minute, où l'on n'a pas besoin de faire des phrases, où tout bouge en couleurs autour de soi et où l'on vous applaudit sans réserve…

C'est à ce moment-là qu'il prit la décision qui fit sourire les connaisseurs, d'aller courir les kermesses d'intersaison en Belgique. Lui, à l'intention de qui on vidait sagement les vélodromes en béton du Portugal et d'Espagne pour le laisser s'ébattre sans danger, allait se retrouver sur ces tourniquets infernaux, tout en angles aigus, en arêtes vives, en pelotons compacts aux yeux bleus, en pavés gras, en freinages, en relances, en vents de mer du Nord.

Il en courut deux le même jour.

Après l'accident, le grand Flamand hagard raconta aux journalistes qu'il n'y comprenait rien : il roulait à côté de lui en queue de peloton et il l'avait vu tomber seul de tout son poids, comme une masse. Il ajouta même, le soir, à la maison, qu'il avait eu la sensation fugitive que le Portugais n'était pas vraiment mécontent de voir arriver cette bordure de trottoir en plein dans sa figure, à la vitesse d'une dernière gifle de béton.

Deux amis

Pour Baroche et Vautrin

Une feinte de corps, j'ai mis leur libéro dans le vent et je me suis ouvert un boulevard. Leur arrière-gauche, une chèvre avec une tête à jouer en Promotion d'Honneur, était aux pelotes. J'ai levé les yeux, la balle bien au chaud entre les crampons. Tous les maillots filaient vers le but. J'ai brossé le ballon de l'intérieur du pied droit, pour centrer en retrait. Le gardien s'est accroupi. Mon numéro 9 était là, flairant le bon coup, dans la surface, à droite du point de penalty…

Cette combinaison, nous la faisons dans de bonnes conditions vingt-cinq fois par an, nous nous trouvons les yeux fermés, et vingt-cinq fois, la balle finit au fond des filets. Mon numéro 9, l'avant-centre, est le meilleur buteur du championnat. C'est un battant et c'est mon ami. Il a une frappe de mule et sait se faire oublier. Il vaut 10"5 au cent mètres mais vous ne lui ferez pas faire une foulée inutile, il ne s'engage jamais sur une balle pourrie. Il n'est pas du genre à aller à l'abattoir en courant sur tout ce que balancent les demis. Ce qui me fascine le plus, c'est cette façon qu'il a de dormir sur le terrain et de se réveiller brusquement, d'être à 100 % dans la seconde et, le temps d'un shoot, d'être le football même.

Moi, je suis un matheux, je construis, j'ordonne, je dribble, je distribue, je dessine le football sur le terrain. Je fabrique le mouvement des autres. Je fais circuler le ballon comme quelque chose d'objectif. Je prends des balles et je donne des balles. Lui, il rentre dans la balle et en fait des buts. Quand il a décidé de foncer, personne ne peut suivre, et quand il a décidé de frapper, les gardiens se tendent. Je les vois, lorsque leur défense est débordée, sautillant d'un pied sur l'autre, prêts à choisir leur côté, levant instinctivement les mains devant leur visage.

La balle est arrivée sur lui à la hauteur idéale. Reprise de volée parfaite du cou-de-pied, le buste cassé, les bras écartés. Une précision à décrocher les toiles d'araignée dans la lucarne.

Le gardien a réagi avec un infime temps de retard et je l'ai vu – je peux le jurer – fermer les yeux. Il s'est détendu à l'instinct et a détourné la balle d'une claquette au-dessus de la barre. Un miracle : Banks sur cette tête de Pelé au Mexique en 1970 ; c'était impossible, et il l'a fait.

J'ai tout de suite regardé mon numéro 9 et j'ai vu dans son regard quelque chose de noir. Sur le coup, je n'ai pas su choisir entre la stupeur et la colère. Ses épaules sont tombées, il s'est arrêté. Le stade vélodrome hurlait de bonheur – ils n'ont pas le triomphe discret à Marseille.

En remontant le terrain, je lui ai tapé sur les fesses, histoire de lui signaler que ce sont des choses qui arrivent. Il m'a fait un geste de la main qui voulait clairement dire que ma passe était du caviar et que c'était un crime de sa part de l'avoir gâchée. Un crime quand on avait marqué deux buts en finale olympique, six en coupe d'Europe et qu'on avait vingt-deux sélections en équipe de France derrière soi.

Je comptais sur une vengeance, un de ces sursauts qui le font courir deux fois plus vite et taper quatre fois plus fort : six minutes plus tard, il ratait un penalty. Au début de la seconde mi-temps, il ratait un but tout fait, un coup franc à la soixante-douzième minute et, à la quatre-vingt-cinquième, il écopait d'un carton jaune pour avoir mis la semelle sur un arrière qui avait eu l'indélicatesse de le rattraper à la course.

Fantôme sous la douche, muet au massage, il passa son temps à répéter : « Y a pas de bon Dieu, y a pas de bon Dieu ». La gamberge, c'est pire qu'un claquage. J'ai essayé de lui expliquer que certains jours il y avait une vitre devant les buts adverses et qu'il n'y avait rien à faire contre ça.

« Y a pas de bon Dieu. »

C'est vrai que jusqu'ici les vitres avaient toujours volé en éclats.

« Y a pas de bon Dieu. »

Le patron du bistro de l'aéroport qui pétait de bonheur – 4-0 pour Marseille ! – lança, manière de plaisanter : « Hé ! S'il n'y a pas de bon Dieu, qui c'est qui sale la mer ? » et il retourna à ses bouteilles, répétant pour lui-même sa trouvaille : « Qui c'est qui sale la mer ? »…

Le mardi, pas de numéro 9 à l'entraînement. Le mercredi, il arriva en boitillant. Son genou gauche était foutu, sa cuisse droite était cuite, ses chevilles étaient molles et il ressentait un point intercostal qui lui interdisait de respirer. L'odeur d'embrocation des vestiaires lui levait le cœur, l'odeur des maillots et des bas propres l'écœurait. La galopade au bruit de fer des crampons sur le ciment lui arrachait les dents. Il ne joua pas le vendredi soir, ni le mardi. Je dînai quatre fois dans la semaine avec lui.

Lorsqu'il reprit sa place sur le terrain, je sentis tout de suite qu'il était un peu juste. Il en faisait trop. Il cavalait sur toutes les fusées qui arrivaient de derrière. Il trottait, courait partout et était nulle part. J'en perdais mes marques.

Je lui remontais le moral à coups de pied dans les fesses, le houspillais et l'engueulais chaque fois qu'il me gaspillait un ballon. Il ne comprenait rien et se demandait pourquoi j'étais subitement devenu si bourru. Comme si c'était si important, dans la vie, de marquer des buts. Hors du terrain, il se montrait inquiet, mal luné, silencieux, toujours à brasser un tombereau d'idées noires.

Une semaine plus tard, le jour où nous avons reçu Paris-Saint-Germain, nous nous sommes retrouvés en situation de faire notre une-deux. Une situation magnifique et sans surprise. Je lui ai donné un sucre d'orge et, au lieu de regarder le goal, j'ai tourné la tête pour le regarder, lui, et j'ai compris. Au moment précis où il allait frapper, j'ai lu dans ses yeux une question effarante, une question que ne doit jamais se poser un footballeur : « Qui sale la mer ? » Quand on frappe la balle pour marquer, il est trop tard pour penser, tout est en place, on ne fait plus qu'un avec la balle, on est pur muscle. Surtout un numéro 9.

Il manqua le but.

Le mercredi suivant, c'est l'avant-centre de troisième division qui jouait à sa place (et qui marqua trois fois sans que je réussisse à lui faire une seule bonne passe) et lui, resta sur la touche. Le samedi, il n'était même plus sur le banc des remplaçants et ensuite, tout se passa en dehors du stade.

Le tueur

Après la pesée, il lui restait exactement vingt-sept heures pour devenir un tueur. Il était un athlète permanent, un de ceux qui sont à la salle chaque jour, qui savent se mettre en sueur et qui ne reculent jamais devant une corde à sauter ou un sac de sable.

En trois semaines, monsieur Jean avait fait de lui une lame. Un poids moyen puissant, longiligne, belle allonge, jeu de jambes vif ; la grâce, l'élégance, le punch et ce foutu crochet du gauche meurtrier qui avait couché un à un les voyous de Chevilly, les boxeurs amateurs du département, puis de l'Île-de-France et qui l'avait sans accroc conduit au professionnalisme. Un pro qui allait mener son treizième combat et à qui il restait vingt-sept heures pour devenir un tueur.

Sa nuit fut brève, toute traversée de cauchemars, de directs du droit qui finissaient leur trajectoire dans le traversin, d'uppercuts sanglants qu'il ne parvenait à esquiver qu'en butant la tête contre le bois du lit.

Il se leva avec un terrible mal aux cervicales et dut avaler deux comprimés d'aspirine. Son entraîneur lui expliqua qu'il n'était jamais meilleur qu'après une bonne nuit de pression.

Il partit se décrasser au bois, le cou serré dans une serviette éponge ; petit trot ; montée en température ; shadow-boxing entre les arbres. Il commença à penser à son adversaire : vingt combats, douze victoires avant la limite, un frappeur. Il l'avait vu tirer en vidéo. Il faudrait passer par-dessous sa garde et lui faire éclater dare-dare cette arcade droite qu'il avait fragile. Il esquissa un direct à la poitrine, suivi en rafale d'un crochet du gauche à la tempe.

Il lui avait serré la main la veille, à la pesée et au petit jeu de écrase-moi-les-phalanges-pour-me-faire-peur, il avait la nette impression d'avoir marqué un point psychologique.

Il voulait faire un très beau match et le gagner.

Après la douche, le sophrologue du club le prit en main. Il le décontracta et le plongea dans un état d'hébétude contre lequel le boxeur avait appris à ne pas se rebeller. Là, il le persuada doucement qu'il était le plus fort, que ce match était capital, qu'il fallait donc l'aborder calmement, que son adversaire était une machine froide qui méritait d'être corrigée, que son gauche était la foudre et l'enclume réunies, que sa droite était sans pitié, qu'il était de son devoir de gagner, gagner, gagner, toujours gagner, gagner.

Il sortit de cet assommoir pour faire un repas digeste et mesuré et put juger, tout à sa mastication, du chemin intérieur parcouru. Il était déjà profondément installé dans son combat. Il ne répondait plus aux questions, ne voyait plus rien du monde extérieur. Solitaire, il glissa dans une courte et intense sieste, puis retourna à la salle pour faire les ultimes réglages.

Monsieur Jean monta avec lui sur le ring et ils décomposèrent ensemble les gestes de la victoire. Il boxait dans les gants de monsieur Jean, avançant toujours, avançant, avançant.

Dans le tempo saccadé de son souffle, monsieur Jean glissait quelques conseils – Montez votre garde, rentrez le menton, plus vite la reprise – et commença à lui parler de son adversaire : un drôle de coco qui avait fait de la prison pour avoir tabassé des grand-mères, chassé de chez lui pour une louche histoire d'amour avec sa sœur, tombé deux fois pour des affaires de drogue, déserteur, ayant abandonné femme et enfants, prêt à tout pour réussir, drôles de fréquentations, cœur dur, âme noire. Quelqu'un, en somme, de parfaitement digne de se faire salement casser la figure. Quelqu'un à qui il serait justice de donner une correction. Un voyou qui méritait de planter là sa carrière. Une ordure que personne ne serait vraiment choqué de voir à l'hôpital. Et puis ses trois mômes, tout de même, dans la banlieue de Bruxelles, qu'il laissait crever sans un rond…

Monsieur Jean expliquait tout cela d'une voix calme, en confidence, dans l'effort. Il en avait motivé des champions et il savait les mots avec quoi l'on fabrique les tueurs.

Le poids moyen encaissait tout cela sans rien dire, l'engrangeait, le stockait dans ses épaules et dans ses poings pour le transformer en coups méchants, de ceux qui font mal et couchent l'adversaire.

Ce fut le masseur ensuite, dans le sous-sol du palais des sports qui le décontracta, le réchauffa et lui banda les mains. Il lui expliqua qu'il en avait massé des boxeurs mais que, sans mentir, il n'avait jamais vu des biceps pareils, des pecs aussi solides, des dorsaux aussi nets ; de quoi faire éclater des crânes, gicler des mâchoires, épater des nez, exploser des foies, traverser des abdos. Une musculature de K.-O. De quoi débarrasser la terre de toutes les salopes, de tous les vérolés. Une musculature de justicier.

En lui nouant les gants, monsieur Jean en arriva à la conclusion logique et très calmement exprimée que ce Belge méritait d'être rayé du monde des vivants.

Lorsqu'il le poussa, fin prêt, dans le tunnel qui devait le conduire à la lumière blanche, aux hurlements, au ring éclatant, il lui dit simplement : « Démolissez-le. » Il souriait, confiant.

Le poids moyen tint huit rounds avant de tomber pour le compte, le visage couvert de sang. Le salaud de Belge avait fait éclater sa putain d'arcade gauche et le monde entier avait disparu dans un brouillard rouge. C'était un progrès. Le match précédent, il n'avait tenu que trois reprises.

Pour le prochain, monsieur Jean en était sûr, avec beaucoup de travail physique et une bonne préparation psychologique, il pourrait faire un honnête tueur à la limite.

Gregario

Au moment précis où je finissais mon travail, à 900 mètres de la ligne, je l'ai vue. Je me suis relevé pour poser les mains sur les cocottes de freins et ses yeux sont tombés dans les miens, un quart de seconde peut-être. J'avais fait tout ce que j'avais pu, c'était à Yvon de conclure, comme dans toutes les étapes de plat. À cet instant précis, Kelly, à trois ou quatre longueurs devant moi, lançait sa casquette sur le trottoir pour s'alléger, il me semble que Bernard et Beppe en faisaient autant... Ils allaient déjà tellement vite.

Elle était sur le trottoir, au milieu de la foule et elle m'a regardé. Moi. Immobile, sans crier, sans taper dans ses mains, la bouche à peine entrouverte.

J'ai pensé aussitôt qu'elle était strip-teaseuse. Blonde, un peu grosse, avec de grands yeux et des lèvres charnues. Pamela ? Sophia ? Rita ? Je peux me tromper. Je ne suis jamais allé au strip-tease et je devais quand même rouler encore à cinquante à l'heure. Strip-teaseuse. Et elle m'avait regardé. Moi.

D'ordinaire, quand on a fini le boulot devant, on continue à pédaler emporté par le paquet, là, j'ai dû oublier, comme pour retenir son regard un centième de seconde de plus. Un Rital m'a poussé de la main gauche pour que ma pédale n'entre pas dans les rayons de sa roue avant. Il m'a dit : « Tiens ta ligne », avec un accent. Derrière, un Espagnol a freiné en gueulant : « ¡Adelante, tonto ! »

Je me suis remis en danseuse. J'avais mal aux cuisses et au dos.

En principe, je finis ma journée à la flamme rouge du dernier kilomètre. Mon boulot, c'est de sauter sur tout ce qui bouge et fait mine de vouloir s'échapper dans les vingt-cinq dernières bornes, d'empêcher les rouleurs de sortir du peloton pour finir seuls et d'emmener Yvon bien placé jusqu'à la flamme. Après, Marcel l'emmène encore trois ou quatre cents mètres et puis, il se débrouille. Il a ce qu'il faut pour : les gros leviers et la tête à ça. Ils sont autrement faits que nous, les sprinters. Moi, rien que de voir la banderole, ça me coupe les jambes.

J'aurais pu essayer de me dresser sur mes pédales et de me retourner pour la voir encore un peu, mais on avait juste un virage à gauche à quatre-vingt-dix degrés et j'ai eu peur de faire un écart.

Chaque matin, quand il n'y a pas trop de bosses au menu, Yvon nous dit : « Emmenez-moi dans un fauteuil à 600 mètres et je fais le reste. » Souvent, il tient sa promesse. C'est lui qui fait rentrer l'argent dans l'équipe, c'est lui qui lève les bras sur la ligne pour qu'on puisse lire *Salami-Store* sur son maillot, à la télé, dans les journaux. Dans notre équipe, on roule pour du saucisson. Quand le patron de l'usine vient, c'est en face d'Yvon qu'il se met pour manger. Son métier, dans le fond, à Yvon, c'est de rester à l'abri tout le jour dans le peloton, de tirer des braquets aussi petits que possible et de garder du jus. À la fin de l'étape, on se défonce tous pour qu'il reste bien devant.

Les jours où il ne gagne pas, on lui fait forcément la gueule : pour la fatigue, bien sûr, et pour l'argent. C'est dur d'être sprinter.

En temps normal, les gens qui sont au bord de la route, on ne les voit pas. On les sent. C'est une chaleur, un brouhaha avec des cris perçants, surtout aux arrivées où ça va vraiment vite.

Là, je l'ai vue. Je n'ai vu qu'elle et elle m'a regardé. On est encore cent dix-sept dans le peloton – on n'en est qu'à la douzième étape et on n'a pas encore passé les Alpes. Pourquoi moi ? En règle générale, ils cherchent plutôt à en reconnaître deux ou trois qu'ils ont vus à la télé et le reste passe en couleur, dans un gros souffle.

Elle ne m'a pas regardé comme on regarde un coureur cycliste et j'ai pensé qu'elle était stripteaseuse.

Demain, la route commencera à grimper. Dès qu'on arrive dans les cols, Yvon coince. Il s'enfonce. Il fait les fonds de peloton et essaie de rentrer dans les délais. À partir de là, on va s'occuper de Raymond, notre vrai leader.

Moi, j'aime grimper. Ça part du dos, on se sent compact, dur, presque en boule. Le paysage est beau, en montagne. C'est une façon de se faire mal que j'aime. Je grimpe bien. On le sait dans l'équipe, on le sait dans le peloton. Chez *Salami-Store*, il n'y a que Raymond pour grimper plus vite que moi. Alors je grimpe pour lui.

Autrefois, je flinguais dans les premiers cols – c'était bon de monter tout seul en tête le matin – pour lui servir d'appui au moment où il démarrait pour la gagne. Maintenant, on a changé, on travaille à la Merckx : on se met à plat ventre dans les vallées, on tire des braquets pas possibles pour amener les grimpeurs cuits-morts au pied de la bosse. Après, c'est les costauds qui règlent leurs comptes et nous, on traîne notre mal aux jambes jusqu'à deux mille mètres d'altitude. J'ai les cuisses en bois.

Pendant le Tour, on n'a pas tellement la place de penser aux femmes. On fait le métier et il n'y a pas beaucoup de temps morts. Quand elle m'a regardé comme ça, moi, j'ai eu l'impression qu'elle était toute nue, Rita. Si Raymond gagne le Tour, le patron nous a promis le *Crazy Horse*.

Je vais passer la ligne, descendre de cette foutue bécane, quitter mes chaussures – avec les cale-pédales dessous, on a du mal à marcher. Je vais demander ce qu'a fait Yvon. Le soigneur va me prendre par l'épaule, me donner un coup de flotte. Les gendarmes vont nous faire un passage jusqu'aux barrières : ils nous aménagent un petit couloir tous les soirs jusqu'à la caravane-pipi pour le contrôle antidopage. Là, en montant sur la deuxième marche, j'aurai l'occasion, en me levant sur la pointe des pieds, de voir par-dessus les têtes. Elle sera venue plus près de la ligne pour voir le podium et les filles qui donnent les bouquets – elle pourrait faire ça, elle.

On m'aspirera à l'intérieur de la caravane et il faudra faire pipi. Après huit heures de selle, l'opération n'est pas toujours facile. Et le soigneur me remettra la main sur l'épaule, il faudra trouver l'hôtel, attendre à la douche, attendre au massage. Marcel (on partage la chambre tous les deux), avant de se coucher sur son lit, nu, pour se reposer, ondulera des fesses pour me faire rire en quittant son collant, comme chaque soir. Il sera étendu avec ses jambes et ses bras bronzés en tranche napolitaine. Il me dira que l'étape a été dure à cause des deux cent quarante-sept bornes et de la chaleur. Il râlera contre Yvon, il fera ses comptes. Je resterai étendu un moment, moi aussi, à rêvasser. Un coureur cycliste quitte le peloton pour une strip-teaseuse. Et puis le directeur sportif entrera avec son air mi-chèvre, mi-chou et nous dira qu'il est désolé, qu'il avait bien l'intention de nous laisser lever le pied le lendemain dans le contre la montre, mais que, comme Yvon n'a fait que troisième aujourd'hui, si on veut garder les casquettes jaunes du challenge par équipe et la rente de 750 francs, il va falloir se défoncer.

Marcel protestera, dira qu'il a mal au genou et une induration à la selle. Je me gratterai les poils du sexe en faisant la grimace. L'entraîneur haussera les épaules pour nous faire comprendre qu'il n'y peut rien et sortira annoncer la bonne nouvelle aux autres…

Demain, sur le coup de onze heures et demie, à l'heure où partent les mal-classés, je monterai le col d'Èze à fond les manettes.

Coup de pompe

Il faisait un froid de fin novembre. Encapuchonné, ganté, le coureur poussait devant lui des petits nuages de buée glacée. Sa foulée était longue, régulière, à peine raidie par la dureté du sol. Ses joues tremblaient sous le souffle. Son regard se perdait dans le sous-bois, un peu inquiet, un peu inquiétant. Il entamait son vingt-troisième kilomètre de cross dans le petit matin.

Pendant longtemps, il avait couru tous les jours pour respecter son programme d'entraînement, pour se construire dans l'effort, pour apprendre à se connaître et préparer les grands rendez-vous ; il n'avait pas de but immédiat sinon le bon fonctionnement de ses muscles et la régularité de son rythme cardiaque. Maintenant, il savait que tout était changé et qu'il cherchait quelque chose de précis et que ce quelque chose était sa fatigue, sa vieille fatigue. Il avait acquis la certitude qu'on la lui avait volée et il commençait à murmurer pour lui-même le nom des voleurs, au rythme de ses foulées. Un jour, il le crierait.

Trois hivers plus tôt, un homme était venu le voir un matin, à l'entraînement. C'était un homme gros avec un gros pardessus. Il lui avait expliqué qu'il suivait ses performances depuis longtemps et que, s'il le voulait bien, il ferait de lui un champion. Cet homme était un entrepreneur, adjoint aux sports dans sa ville et président du club athlétique, un homme puissant à qui l'on pouvait difficilement dire non. C'est du moins ce que le coureur avait ressenti.

Il avait signé son contrat et d'autres hommes étaient venus le voir courir, sur le stade, cette fois, vêtus d'autres gros pardessus. Ils étaient restés longtemps à le regarder, immobiles derrière la barrière de ciment. Il y avait l'entraîneur, le docteur, le masseur et un autre qu'on appelait « toubib » et qui était mieux qu'un docteur.

Ils lui avaient préparé un programme : deux fois plus de kilomètres, du fractionné tous les jours, des vitamines, des piqûres d'hiver à bien arrêter six semaines avant les compétitions, des piqûres d'été, des cachets pour avant, des cachets pour après, beaucoup boire, bien manger et un travail à la mairie comme jardinier. Son seul vrai boulot de jardinier consistait à creuser des petits trous avec ses chaussures à pointes dans les sous-bois.

En une saison, il avait pris quatre kilos de muscles et encaissé sans broncher ses surdoses d'entraînement. Il commença à tout gagner. Il suivait son programme à la lettre et tout lui devenait facile. Il gagnait.

De ce temps, il lui restait beaucoup de photos où on le voyait près du Président, sur la ligne d'arrivée.

Ils étaient même passés tous les deux en direct à Tévésports, et il avait conservé une cassette. Dans la revue *Diététique-Effort*, le toubib avait donné ses secrets alimentaires. Il avait appris à décrisper son sourire devant les photographes et à ne plus bégayer pour dire au micro qu'il était heureux d'avoir gagné. Il avait même eu l'occasion de remercier publiquement ses parents, son Président et ses entraîneurs. Il était même question que le Président devienne maire, et qu'il le prenne comme conseiller.

C'est alors qu'avait eu lieu ce stupide meeting de Nice, un des derniers de la saison. Contrairement aux autres années, il arrivait intact fin août : pas de douleurs, pas de crampes. Pas même de lassitude. À deux tours de l'arrivée, il avait placé un démarrage en force, et il s'était écroulé. Pendant un moment, il avait regardé son pied qui pendouillait au bout de sa jambe, puis il avait hurlé.

On peut rendre les muselés plus puissants, pas les tendons. Les tendons, ça se brise, ça s'arrache. On avait mis de longues heures pour le calmer à l'hôpital puis on l'avait opéré, rééduqué, remis sur pied et il avait repris sa course, un peu hébété.

Il était seul.

Il avait recommencé l'entraînement, les piqûres, les courses et il se traînait sans comprendre. Il perdait. L'entraîneur lui modifiait sans cesse son programme, le toubib augmentait ses doses et il restait bloqué à plusieurs secondes de ses temps habituels. Le Président avait repéré un petit jeune qui marchait très fort.

Il se mit à tricher sur ses entraînements. Il se levait plus tôt chaque matin et courait dès l'aube.

De plus en plus souvent, il courait jusqu'au soir, sans voir passer les heures, croquant quelques barres de Muesli et de Vitagermine.

Il se souvenait que courir fatigue.

Il savait que la fatigue était le seul moyen que l'homme avait inventé pour bavarder avec son corps et pour épargner ses tendons. Et il n'était plus jamais fatigué.

Il savait aussi que lorsque la fatigue ne sort pas en crampes et en courbatures, elle sort dans la tête. Des coureurs cyclistes étaient devenus fous. Un lanceur de poids s'était mis en ménage avec un mage. Un nageur de fond ne cessait plus de nager en attendant que lui poussent des écailles. Un sprinter majestueux buvait comme un trou. Un lanceur trafiquait des hormones. Il était donc de première urgence qu'il coure comme un forcené derrière sa fatigue. Celle que lui avaient volée les gros pardessus.

La folle de Bercy

C'est Mado qui a eu la bonne idée. Plutôt que d'aller s'énerver à courir comme des folles dans le métro, à passer chez nous et à risquer d'être en retard, le mieux était de rester carrément au bureau jusqu'à huit heures moins le quart. D'habitude, on est plutôt du genre à filer les premières, alors quand on s'est retrouvées toutes seules, il a fallu s'habituer. Plus de bruit de machines, plus de coup de gueule. Mado, qui est la plus remontée de nous quatre, est allée se défouler dans le bureau du patron, elle a tiré la langue à son fauteuil.

Il faut dire que ce jour-là, pour nous, c'était quand même un événement ; après tous ces dimanches après-midi passés à les regarder à la télévision, on allait pouvoir les regarder pour de vrai à Bercy. Jeanine avait fait des pieds et des mains pour avoir des tickets par le comité d'entreprise – on était très bien placées, juste au bord de la patinoire – c'était donc pas la peine d'être trop en avance à s'énerver.

On en profitait pour faire les bouquets. Marcelle avait acheté des roses et on les mettait une par une dans les cornets de cellophane. Comme je suis plutôt moins surveillée que les autres, vu que mon bureau est au fond, c'est moi qui avais préparé les petites cartes de félicitations avec le nom des patineurs dessus, on voulait qu'ils gardent un souvenir de nous en plus des fleurs qui se fanent. J'avais tout cacheté d'avance et c'est là qu'il y avait mon secret.

Mado, une marrante celle-là, se tenait devant nous, de l'autre côté de la table et nous expliquait avec les gestes pour pas qu'on rate une miette du spectacle : double axel, double boucle piquée, triple lutz, pirouette Bilman – là elle nous a fait voir sa culotte ! Quelle rigolade ! Elle était rouge comme un turlu et son chignon se cassait la figure. Moi, je rigolais avec les autres pour donner le change, j'ai même dit « arrête, tu vas me faire faire pipi », et je continuais en douce à agrafer les enveloppes sur les roses. Comme je suis celle qui envoie le plus de cartes postales, il paraissait normal que ce soit moi qui fasse les cartes. Je sais plutôt bien tourner un compliment, une petite phrase qui fait plaisir.

Mais j'étais quand même très contente que Mado fasse l'andouille – elle essayait d'expliquer comment on fait l'hélicoptère ou le ventilateur – j'aurais pas trop aimé qu'il leur prenne la fantaisie de décoller les enveloppes pour lire les cartes : les connaissant, elles auraient voulu aussi sec en faire autant. Pas question : ma seule chance d'en avoir un rien qu'à moi c'était de les inviter tous. Rendez-vous à une heure trente du matin à l'hôtel *Georges V*, chambre 377. J'avais payé 2 000 francs pour la nuit, pas croyable ! le temps de détranspirer, de se doucher, de manger un morceau. Les six professionnels du circuit international, les six meilleurs du monde, six invitations en bonne et due forme, six chances d'en avoir un. Le petit Scott Hamilton qui doit être turbulent comme un singe dans un lit, l'immense Robin Cousins qui doit être câlin, le petit Christophe Simon pour pouvoir bavarder un peu, je ne parle pas les langues étrangères, le bel Oleg Protopopov pour faire suer Belousova... J'ai pas de vraie préférence, j'ai toute une foule de bonnes raisons de vouloir l'un ou l'autre et la nuit sera toujours comme un rêve.

Au pire, ils ouvrent tous leur petit mot ensemble au vestiaire, ils rigolent et dans dix ans il rigoleront encore en se remémorant la folle de Bercy qui les voulait tous à la fois. Au pire.

Au mieux, ils viennent tous ensemble sans rien se dire, se retrouvant tous les six dans ma chambre ; je ferme la porte à clef et à eux de jouer, l'un après l'autre ou tous à la fois, moi, je m'en fiche, je me régale et je mets les notes : technique pure et expression artistique.

Le crack

Pour André Le Dissez

Je l'avais souvent vu fatigué, hâve, les lendemains de grosse castagne par exemple, après les longs contre la montre où il creusait profond, mais je ne l'avais jamais vu dans cet état-là. Il était livide, les yeux bordés de noir, les lèvres blanches. On avait l'impression, aussi, qu'il avait perdu dix centimètres de tour de jambe. Il n'avait pas eu le courage de se raser non plus et le voyage en voiture sur les routes du coin avait été un calvaire. Les organisateurs du critérium étaient catastrophés pour leur recette de le savoir malade. Il n'avait pas eu le cœur de leur dire formellement non.

C'était l'époque des tournées d'après Tour, ces épuisantes et lucratives balades et il n'était pas imaginable que le maillot jaune déclare forfait. La veille, nous avions couru à Clermont-Ferrand et toute l'équipe était partie aussitôt après la course pour rejoindre Yssingeaux où avait lieu le critérium du lendemain. Seul le grand Jacques, le patron du peloton, était resté pour passer la soirée chez son ami Geminiani, qui venait d'ouvrir un bistro. Il ne devait nous rejoindre que le lendemain matin.

Estomac vide, jambes en coton, vertiges. Il se tenait appuyé sur le capot de la voiture pendant que Charles lui laçait ses chaussures, parce qu'il était incapable de baisser les yeux sans s'écrouler aussitôt.

Bien entendu, les organisateurs nous avaient concocté le pire parcours possible. Trois tours de 50 km truffés de bosses de huit-dix bornes à 7 % comme il y en a partout en Haute-Loire. Pas un mètre de plat (même l'esplanade d'arrivée montait). En supplément au programme, une grosse équipe de régionaux qui connaissaient tous les virages par leur prénom, qui roulaient en mafia toute l'année et qui rêvaient d'en découdre avec les pros. Le jour de l'an pour eux et pour leurs supporters.

Avant le départ, on s'était mis d'accord avec les organisateurs et les gros bras. Jacques avait une tête à rester au lit, tout le monde en convenait, mais les spectateurs étaient venus pour le voir et pour voir son maillot. Il allait donc faire le premier tour dans le paquet, il passerait en tête dans la première traversée de la ville et disparaîtrait discrètement par la prochaine ruelle pour regagner son hôtel. Le médecin l'y rejoindrait. On lui enfila un maillot jaune et il partit les poches vides, course finie avant de l'avoir commencée.

Ces cinquante bornes-là, je m'en souviens. Jacques m'avait demandé de rester près de lui et nous

avons passé une heure vingt épaule contre épaule.
Ce type qui me prenait un quart d'heure dans
l'Izoard, qui me mettait cinq minutes sur 10 km
contre la montre, qui venait de survoler le Tour de
France comme personne, qui savait gagner comme il
voulait quand il voulait, que ses adversaires vou-
voyaient, qui était en machine l'homme le plus beau,
le plus élégant qu'ait jamais compté un peloton, roulait comme une épave. Il fermait les yeux dans les
lignes droites pour ne pas dégueuler. Qu'aurait-il
bien pu dégueuler ? Et c'est moi qui devais lui dire
de changer de braquet. Il était incapable de sentir
quoi que ce soit, incapable de la moindre décision,
incapable d'avoir le moindre sursaut d'indignation
contre les organisateurs. Il faut dire que de ce point
de vue-là, c'était un crack et que les cracks honorent
leurs contrats. En dix minutes, son maillot était collé
de sueur et son menton gouttait sur la potence.

Il s'était creusé autour de nous, dans le paquet,
une sorte de vide respectueux et les coursiers se
relayaient pour venir voir le spectacle du zombie.
Les jeunes du coin étaient déçus, eux qui rêvaient
tant de pédaler pour de bon à ses côtés.

Nous roulions groupés, assez vite. Ceux qui
tiraient devant, et, parmi eux, quelques-uns de nos
équipiers, tiraient régulier mais sans faire de cadeau
sur le train. Dans ces situations, il n'est jamais bon
de traîner trop et de laisser la porte ouverte. Il faut
choisir la juste cadence qui fait réfléchir à deux
fois les francs-tireurs. Nous tournions à 35-37 de
moyenne ce qui, dans la région, est tout à fait vif.

Jacques semblait s'en foutre. Il était parfaitement hors d'état de rentrer dans ce genre de considération. Il n'aurait certainement pas pu battre le record de l'heure qui lui appartenait à l'époque, mais entre 25 et 35 km il ne faisait pas la différence.

J'ai toujours adoré le spectacle des champions. Et j'ai eu la chance, pendant douze ans de carrière professionnelle, d'être aux premières loges. J'ai roulé pour deux, j'ai même été leur capitaine de route, et j'en ai compté trois pour adversaires. Avec le recul, je sais que j'ai eu de la chance d'en rencontrer cinq, des vrais.

Il n'y a rien de plus beau qu'un crack, un qui donne des rendez-vous, qui se prépare, qui met tout le monde en confiance ; celui qui dicte la loi et l'ordre et qui, grippe, foulure, angine ou fatigue, voltige quand il faut voltiger, appuie ses relais comme personne, grimpe devant les grimpeurs, sprinte devant les sprinters, mène les bordures, tire deux dents de moins que tout le monde dans les contre la montre, fixe les tarifs et sait se relever pour offrir une victoire. J'aime d'autant plus les cracks que, vu du dehors, je suis tout près d'en être un – j'ai gagné des étapes, j'ai gagné des courses, on cite mon nom souvent, j'ai eu ma photo dans *L'Équipe*, on me voit à la télé, on m'interroge sur la marche des courses ; mais moi, je sais que je n'en suis pas un de crack, et qu'il y a entre eux et moi un gouffre d'une largeur insoupçonnable.

Celui qui était à côté de moi ce jour-là, avec sa tête de mort et qui me demandait d'un mouvement des yeux s'il fallait aller à gauche ou à droite, c'était d'abord et avant tout 80 de VO_2 max, 36 pulsations cardiaques au repos, des leviers à faire tourner comme de rien des manivelles de 177.5 et des quadriceps à pousser et tirer 500 watts relax sans arracher tous les tendons. L'ensemble surmonté d'une tête de chef d'entreprise masochiste, sadique, rusé, gentil ; avec le pouvoir d'aller chercher si profond au bout de soi et de ses forces, avec, enfin, un trait de caractère que je n'ai jamais eu et n'aurai jamais : un certain dégoût pour la bicyclette et une tendance très accusée à la laisser au garage plutôt que de s'entraîner. Tout cela fait un champion comme il y en a peu et, de surcroît, parfaitement capable de craquer, de s'effondrer et de se retrouver minable avec une tête d'endive et un somptueux maillot jaune dans un critérium à Yssingeaux, Haute-Loire.

Il manqua trois fois nous faire tomber et, par mesure de sécurité, nous nous retrouvâmes au fin fond du peloton. Je me demande encore aujourd'hui comment il a pu passer la bosse de Rosières. Je n'ai jamais vu un homme transpirer autant. Je lui ai proposé mon bidon qu'il a refusé avec un hoquet de dégoût.

On ne peut pas dire qu'il souffrait ; il semblait plutôt être dans cet état tragique pour un sportif où il ne peut plus se faire mal, où il ne peut ni se mesurer avec soi-même, ni se mesurer avec les autres.

Le peloton nous décrocha deux fois, et deux fois je parvins à le ramener sans à-coups. Les spectateurs, le long de la route, étaient si stupéfaits de le voir dans cette posture qu'ils oubliaient aussi bien de l'encourager que de le huer. C'était comme une rumeur de silence. À deux kilomètres du sommet de la bosse, il commença à pousser des sortes de petits gémissements à chaque tour de pédale.

Il me fallut ensuite passer à la seconde phase de mon plan qui n'était pas la moins délicate. Parvenu au faux-plat qui mène à la ville, je passai le 52×17 et accélérai doucement pour me placer devant lui, l'abriter et entreprendre de remplir l'ultime partie du contrat. Remonter un peloton qui s'agace à quelques kilomètres des primes de passage est une entreprise difficile, même si la complicité des gros bras est acquise. Il ne s'agit pas de donner le spectacle d'une ridicule connivence et les pactes passés avec les cracks s'exécutent avec un panache de crack. Je planifiai donc notre retour sur six kilomètres. Au début, je dus faire l'accordéon puis très vite, je trouvai le juste rythme et il resta sagement calé dans ma roue. Je me déportai sur la gauche, près du fossé et nous commençâmes à remonter. 52×16, 52×15, 52×14. Mon intention était de le tirer jusqu'à la pancarte d'entrée dans le pays puis de le laisser filer, comme si j'étais cuit, avec les cinq ou six galopins qui allaient immanquablement lui sauter dans la roue et jouer leur course.

À un kilomètre de mon but, j'étais en tête et j'avais dû batailler ferme pour rendre à la raison les régionaux qui allumaient des pétards pour faire plaisir à leur famille. À chaque accélération, je frémissais à l'idée de l'état dans lequel il devait être.

À cinq cents mètres, je sentis son souffle et il vint se placer à ma hauteur. Je n'oublierai jamais le regard qu'il me lança : un regard glacé, tranchant, plein. Et il me posa cette question ahurissante :

– T'as pas deux sucres ?

Je les lui donnai. Il les engloutit et, comme il tendait la main à nouveau, je lui abandonnai une part de gâteau de riz et un fruit qu'il glissa dans la poche arrière de son maillot.

Bien entendu, je ne le revis qu'après l'arrivée. Il gagna le critérium après avoir offert un festival au peloton médusé. Il volait. Et dans la troisième ascension de la côte de Rosières, il mit trois minutes sans forcer au second.

Tout le monde apprit ce jour-là que le vrai crack, c'est aussi celui qui est capable de cuver en pédalant une cuite à coucher un bataillon. Je m'en doutais déjà.

Olympiades

Le jour où Alberto Toran quitta subitement ses chaussures à pointes, fit un tour d'honneur *avant* la course et rentra directement au vestiaire pour ne plus jamais poser le pied sur un tartan, était un jour comme les autres.

Il avait survolé sa série du 400 m haies, gagné en demi-finale dans un grand sourire, s'accordant une fois de plus le luxe de se retourner pour voir qui serait son second. Il avait ensuite regardé attentivement la deuxième demi-finale et était rentré à l'hôtel pour rejoindre sa fiancée et son homme d'affaires.

Il s'était fait masser, avait signé quelques chèques et quelques lettres, reçu deux fabricants d'articles de sport japonais et était retourné au stade pour une séance de photos et sa traditionnelle heure d'échauffement-concentration. Il avait franchi le tunnel, était entré dans la lumière du stade, avait recueilli son ovation, rejoint ses adversaires : le petit jeune qui changeait ses chaussettes à la dernière minute pour en mettre des fluos rayées, et les six autres qu'il connaissait par cœur et qui bâtissaient toute leur carrière sur la seconde place derrière lui. Il en avait désespéré des générations. On s'use vite dans la défaite. Il les avait tous jaugés au premier coup d'œil, il les avait tous cloués d'un regard qui les rangeait définitivement parmi ses seconds et il leur avait fait l'honneur de quelques-unes de ces petites farces gentilles qui entretenaient sa célébrité et remplissaient d'échos les journaux et les infos.

Il avait jeté son survêtement dans la balle de plastique, s'était rendu sous les ordres du starter, avait gigoté à trois mètres derrière ses starting-blocks pour se détendre les muscles.

Et c'est là que, d'un seul coup, on l'avait vu quitter ses chaussures et, dans un interminable sourire, entreprendre un tour d'honneur. Il saluait les spectateurs de la main et riait comme s'il était en train de réussir son ultime grosse farce. Les organisateurs paniquèrent un moment, le starter ne savait plus que faire de son pistolet, puis on le laissa aller. Il quitta la piste quelques minutes plus tard sous une clameur mi-enthousiaste, mi-perplexe.

Ensuite, l'orage éclata et la course eut lieu dans un déluge. Le couloir 2 resta vide et le petit jeune gagna dans un temps catastrophique une épreuve sans entrain que l'on aurait dû courir avec des parapluies. Sa victoire ne constitua pas l'événement de la journée. Partout, il n'était question que d'Alberto. L'argent ? Les femmes ? Un problème de santé ?

Depuis quatorze ans qu'il dominait le 400 m haies, il avait brassé des millions de dollars et fait des milliers de cadeaux à des centaines de fiancées.

Il n'avait jamais eu le moindre besoin ni le moindre problème. À trente-quatre ans, il était en pleine forme et il mettait un terme définitif à sa carrière, quatre mois seulement avant les Jeux olympiques. Pas un journaleux au monde, pas un entraîneur, pas un supporter n'aurait mis un centime sur ses risques de défaite. Il allait remporter son quatrième titre olympique consécutif. Et il s'arrêtait là.

Symboliquement, il vint à la conférence de presse d'après meeting en costume-cravate. Il fit le facétieux, annonça officiellement qu'il mettait fin à sa carrière, que cette décision était en béton et que rien ni personne au monde ne lui referait sauter une haie. À toutes les questions concernant la raison de ce renoncement, il répondit en plaisantant qu'il avait trop envie de jouer au golf et il remonta les jambes de son pantalon pour prouver que ses mollets étaient toujours en état de marche et que sa décision n'avait pas de motif médical. Au journaliste qui lui demandait si cela ne lui coûtait pas trop de renoncer si près des Jeux, il répondit tranquillement que cela lui coûtait environ deux millions de dollars. On ne put rien tirer de plus. Il alla embrasser une jeune reporter stagiaire sur la bouche, il tapa sur le ventre du plus gras des chroniqueurs, exécuta un pied de nez dans le museau de la caméra et disparut.

Il fit la Une de tous les journaux sportifs du monde, on lui inventa des cancers, des blondes tapageuses. Il ne démentit rien, ne donna aucune révélation et aucun de ses familiers ne put jamais percer le mystère. Comment aurait-il pu expliquer que, simplement à lui voir enfiler ses chaussettes fluos, il avait compris que ce jeunot le battrait un jour ? Certainement pas ce jour-là, sans doute pas aux Jeux, peut-être même pas dans l'année, mais un jour serait venu où il l'aurait battu. Alberto n'était pas né pour être battu. Il n'était pas un coureur de 400 m haies, il était un vainqueur de 400 m haies et il ne tolérait pas l'idée d'avoir une seule minute dans sa vie de champion une angoisse de second.

Le petit jeune fut champion olympique, il gagna tout pendant cinq ans mais ne put jamais égaler le record des trois médailles d'or.

Méticuleux

Ce sera samedi matin. Vous aurez descendu les escaliers du garage avec prudence pour ne pas glisser sur vos cale-pédales. Vous aurez enfilé vos gants sans doigts, bourré les poches de votre maillot de pastilles de glucose et de barres de Muesli. Pour éviter les coups de froid, vous aurez enfilé un bonnet de laine avec le projet de l'ôter bientôt. Vous aurez vérifié que vous portez bien votre nom et votre adresse brodés sur votre poitrine, à côté de votre groupe sanguin. L'atmosphère sera toute parfumée de l'embrocation que vous aurez soigneusement passée sur vos cuisses et vos mollets.

Vous décrocherez votre bicyclette des deux pitons gainés de plastique qui la tiennent contre le mur. Ce sera une très belle bicyclette en alliage léger avec des roues à vingt-huit rayons, des freins et des dérailleurs Campagnolo, une selle Turbo et un guidon 3T. Elle sera rouge et la fourche chromée, elle sera neuve ou, sinon, elle aura appartenu à un coureur et n'aura fait qu'une saison. La veille, vous aurez collé des boyaux (très secs) de 240 g. Vous les gonflerez.

Vous montez en selle et c'est là que vous devez, à tout prix, exercer votre réflexion. Vous suivez votre programme. Ce premier quart d'heure conditionnera toute votre journée. Vous mettez, pour commencer, un petit braquet : 42×17 fera l'affaire. Et vous partez, tranquillement, rejoindre la route départementale où vous avez vos habitudes. Ne vous laissez pas aller à la tentation d'accélérer le mouvement, ne faites pas le chien fou ; vous êtes tout gaillard d'avoir bien dormi et pris un copieux petit déjeuner, mais ne gaspillez pas vos forces. Les efforts à froid sont des gouffres, les risques de contractures et de problèmes tendineux sont innombrables. Prudence, donc, et régularité. À l'occasion, comptez le nombre de tours de pédales que vous faites à la minute et contrôlez le rythme de votre cœur.

Résistez, dans la petite côte, ne vous dressez pas sur les pédales pour avaler l'obstacle ; s'il le faut, changez le braquet (42×18 ou 42×19). Résistez encore : ne tentez pas de sauter dans la roue des cyclistes qui vous doublent, ou ils sont déjà chauds ou ils sont encore fous. Murez-vous en vous-même, repliez-vous sur la régularité de votre effort, ne voyez rien au-dehors, n'entendez aucun bruit.

Au bout de trois kilomètres de route plate, vous commencez à monter en température ; au cinquième, vous avez déjà de bonnes sensations, patientez encore deux de plus.

Accordez-vous le 42×16 et enroulez-le un petit demi-ton au-dessus.

Et c'est ainsi que vous vous retrouvez parfaitement chaud, parfaitement actif, magnifiquement prêt à l'effort, le vrai.

À partir du carrefour, vous n'aurez plus aucun problème.

Vous ne pouvez pas vous tromper. L'auberge est juste derrière, vous la reconnaîtrez à sa grande terrasse.

Le bavard

Cela a commencé parce que j'aimais m'asseoir à sa droite pour bavarder avec lui. On parlait de choses et d'autres, de petits riens, comme lorsqu'on est amis. Il aimait conduire dans la montagne, au-dessus de la ville et, chaque soir, je l'accompagnais dans sa promenade. Nous bavardions. Il avait alors une vieille Dauphine 1093 dans le coffre avant de laquelle il avait placé, pour faire pro, un lingot de plomb destiné à la clouer à la route. Sans jamais me donner l'impression d'y penser, il faisait souvent crier les pneus et glisser les roues arrière. Nous parlions surtout de football et du classement de division d'honneur dans lequel nous jouions tous les deux, lui comme arrière-droit, moi comme arrière-gauche.

Il montait les côtes de plus en plus vite et, pour conjurer ma peur autant que pour prendre ma part au jeu, je commençai à lui annoncer les virages que nous connaissions déjà par cœur.

Nous fîmes notre premier rallye un automne – une minuscule épreuve régionale – parce qu'il était tracé sur « nos » routes et que mon ami voulait les parcourir une bonne fois hors-circulation avec un chrono plus précis que ma montre à trotteuse. Il me choisit pour navigateur puisqu'il était obligatoire d'en avoir un et nous lavâmes la Dauphine en bavardant.

Nous ne reprîmes pas le championnat de foot. Au printemps suivant, nous étrennions une superbe R8 Gordini qui lui donnait des joies sauvages. Pendant les reconnaissances, il se tournait vers moi à la sortie des courbes rapides en poussant des petits cris de bonheur.

Nous ne parlions plus que voiture, dans la voiture et hors la voiture, et nos économies furent englouties en élargisseurs de voies, en jantes alu, en pneus à clous, en rampes de phares à iode, en inscriptions, assurances et licences.

J'appris mon métier de navigateur, j'appris à ne pas avoir mal au ventre, à conduire pendant les interminables nuits de liaison où il dormait, à débiter mes notes, encore émaillées de quelques astuces et digressions, à ouvrir les thermos de café et à sauter au vol pour faire tamponner les fiches de parcours.

Nous fîmes ensuite deux saisons avec la Berlinette Alpine où il fut successivement vice-champion et champion de France des rallyes sans discussion possible. Et il était déjà beaucoup trop tard pour reculer.

La saison suivante, nous étions dans les baquets de la Lancia Stratos où nous apprîmes les servitudes et les commodités du travail en équipe large. Les milliers de kilomètres avalés, les avions, les accélérations de plus en plus folles, la course aux chevaux… De chronométreur j'étais devenu électronicien et le moteur nous hurlait tellement fort aux oreilles que nos deux casques étaient reliés par radio, réduisant singulièrement le confort de nos bavardages. Il fonçait toujours comme un galopin mais renonça très vite à se tourner vers moi lorsqu'il avait réussi un virage car, souvent, nous étions déjà engagés dans le suivant.

Chez Audi, il devint un ingénieur.

La Quattro était lourde, la technique de traction intégrale était nouvelle, la concurrence des pilotes à l'intérieur du team oppressante. Il fallait sans trêve faire évoluer la voiture. Il s'enferma en lui-même, exigea de moi des notes sèches. En échange, il m'imposa partout, ne remit jamais en cause notre collaboration, fit doubler mon salaire mais ne m'octroya aucune explication, ne me gratifia d'aucun discours, d'aucun bavardage.

Aujourd'hui, il est au sommet de celui-ci de ses rêves de gosse et de son art. Il fait partie de cette bande de vingt fous qui ont le droit de foncer à 200 à l'heure sur des routes enneigées, noires de spectateurs, dont les anoraks lustrent notre carrosserie. Il répète volontiers aux journalistes qu'il ne les voit même pas. Je ne le crois pas.

Son visage s'est fermé, ses yeux se sont aiguisés, il a musclé ses épaules et ses bras. Tout en lui fonce :

accélérer le plus fort possible, le plus tôt possible, freiner le plus tard possible, le plus fort possible. Glisser : il aime le RAC bien boueux, l'Acropole bien sec, et le Monte-Carlo bien neigeux.

Quand je vois les images à la télé ou sur la vidéo du team, tout a l'air fluide, coulé, harmonieux. Dans la 205 Turbo 16, tout bondit. À chaque bout de ligne droite, j'ai l'impression que la voiture se met debout sur ses roues arrière, à l'entrée de chaque virage, elle se plante le museau dans le sol. Avec 450 chevaux pour pousser 450 kg, on atteint les 200 à l'heure en 386 mètres. Ce qui veut dire concrètement qu'il n'a pas fini d'embrayer la première au moment où il doit débrayer pour passer la deuxième. En moins de neuf secondes, il doit monter six vitesses. En dix mètres, nous sommes à 50 kilomètres à l'heure, en cinquante-cinq mètres à 100 ! Tout cela sur les routes les plus étroites et les plus traîtresses.

Il se fout du championnat de France de football ou, du moins, n'en parle jamais. Il monte au volant replié sur lui-même, sans décrocher la mâchoire. À l'arrivée, les journalistes me l'arrachent. Ce sont ensuite les mécanos et les dîners avec les sponsors. Lorsqu'il rentre à l'hôtel, je dors déjà ou je suis encore dans mes notes et il a envie de se taire. Dans ma tête, j'apprends à débiter à toute allure : « Droite 90, gauche 70, double droite à fond, gauche épingle, droite 70, double gauche 120... » C'est le bruit de ma vie.

En cas d'erreur ou de pépin, il n'y a plus de marge. L'essence est dans des réservoirs en plas-

tique, contre nos dos, elle clapote à quelques centimètres des turbos chauffés au rouge. Les jantes sont
en magnésium, la caisse en fibre. Nous sommes
assis dans une ampoule de flash.

À cette dose de risque et de vitesse, les galopins
bavards n'ont plus voix au chapitre depuis longtemps. Il ne circule plus dans leur tête d'ingénieurs
que la litanie des notes et le hurlement des pots
qu'ils ont exigés en tuyaux d'orgue. C'est au prix de
ce silence d'enfer qu'il a choisi de nous faire rester
tous les deux sur la route. À fond.

Moi, j'attends sans trépigner le jour de la retraite
des vieux conducteurs. Il y a tout de même, maintenant, deux ou trois bricoles fondamentales dont
j'aimerais bien bavarder avec lui.

Gamberge

N'étant pas du genre à me regarder jouer, j'aurais dû me douter que ce lob était un déclic. Nous étions sur le court depuis une heure quarante-cinq et j'étais content d'être là. J'avais eu du mal à entrer dans la partie, il m'avait fallu accélérer un peu pour conclure à 7-5. Au second set, 6-2 et nous étions à 4-2 dans le troisième ; 40-égalité sur son service. J'allais gagner. Sans peur. Il me servit une balle très longue, très appuyée et, logiquement, monta aussitôt au filet. Le geste du poignet que je fis à ce moment-là pour reprendre la balle eut quelque chose de miraculeux. Elle s'éleva paisiblement et décrivit une courbe en cloche très harmonieuse qui loba mon adversaire sans qu'il puisse esquisser le moindre geste de résistance. Je m'arrêtai une fraction de seconde pour regarder la balle, satisfait d'avoir parfaitement réussi mon geste technique, au millimètre près. Je n'avais jamais pensé, jusqu'ici, que j'étais le moins du monde en péril dans cette partie. À l'ATP, je suis huitième, lui, onzième ; nous nous sommes rencontrés neuf fois et je l'ai battu sept mais, pour le coup, je m'octroyai intérieurement la victoire.

Il servit et je regardai passer sa balle sans esquisser un geste. Il servit encore et je mis mon retour dans le filet. Il prit le jeu.

C'est à ce moment que je découvris le gars du troisième rang, derrière lui, avec sa coiffure punk et cette drôle de façon qu'il avait de ne pas vraiment regarder la partie. Je ne parvenais pas à détacher mes yeux de cette touffe de cheveux verts qui me faisaient penser au Queens et à Wimbledon.

Je m'offris deux doubles fautes et me mis à arroser. Tous mes passing-shots de revers (mon point fort) étaient dans le couloir. L'arbitre me vola une balle pleine ligne. Je n'eus même pas l'impatience de le maudire. Je m'exhortais au calme, au repli sur moi. Une petite fille, là-bas, lâcha une glace qui tomba sur le pied d'un monsieur. Mon adversaire appuya son service et je crus qu'il allait m'emporter le poignet.

Mon seul tracas était d'éviter de croiser le regard de mon entraîneur et de ma blonde. Je n'ai jamais eu peur de gagner. Je suis payé pour gagner, et je gagne. Il faudrait être crétin pour simplement imaginer le contraire.

Je suis un gagneur et je perdis le troisième set 4-6.

La foule commençait à applaudir sérieusement mon adversaire. Elle accompagnait ses coups. Surtout une petite noire dans une loge à droite qui battait des mains au-dessus de sa tête chaque fois qu'il

réussissait un joli passing-shot. Et il en réussissait…
Elle était coiffée de dreadlocks nouées à leur extrémité par des perles multicolores.

Ce quatrième set qui allait me permettre de gagner
la partie était un set de trop ; celui qui laisse des
traces musculaires pour la demi-finale du lendemain. Celui qui fait que l'on rentre sur le court avec
la peur de perdre qui est la seule peur digne d'un
champion. Le punk poussa un cri lorsque je me fis
stupidement lober. Je fermai les poings, serrai les
mâchoires, essuyai mon grip avec de la sciure, fis
les gros yeux au gamin qui tardait à me lancer deux
balles neuves.

À 0-40 sur mon service dans le premier jeu du
quatrième set, j'allais enfin écraser l'ace de ma vie et
transpercer ce petit con. Ils me faisaient tous chier,
les entraîneurs, les journalistes, les joueurs, avec
leur histoire de peur de gagner. La peur de gagner
est un sentiment vulgaire pour le vrai champion. La
seule chose qui puisse dérégler le jeu d'un super-
grand, c'est la peur de penser à la peur de gagner, et
encore.

Le tambour

Je les ai tous vus partir : le petit Robert qui est
monté à Toulouse pour le foot et qui est revenu avec
les deux genoux pétés à cause du mauvais air, la
petite Chantal, la jolie, qui voulait tellement faire du
ski et qui est grimpée à Font-Romeu pour y perdre
la tête. On la retrouvait seule dans la montagne
à crier le nom des copines d'en bas et quand on la
remettait au départ, elle hurlait après sa mère parce
qu'elle avait peur dans les descentes. Il faut avoir la
tête en fer pour quitter le pays à quinze ans et aller
vivre d'hôtel en hôtel dans le grand cirque ; ils l'ont
mise folle. Je raconterai pas les tennismen qui
passent plus de temps en avion que sur les courts...

C'est pas vrai qu'on peut choisir son sport ; on
fait toujours un peu le sport de son père, le sport de
son grand frère, le sport de son village.

Je pousse en mêlée parce que je suis le plus grand
et le plus gros de la famille, le plus grand et le plus
gros du canton.

Le rugby, c'est mon sport et c'est mon pays.
Dans l'équipe, on se croirait le dimanche à la sortie

de la messe : il y a les lourdauds, les petits rusés, les vifs, les faufileurs, les défileurs, les riches, les malheureux, les jamais-contents, les moyens… Et tout ce monde-là est en avant, d'abord *nous* pour que le ballon puisse avancer derrière. D'abord *nous*, les hommes. L'olive, elle fait son chemin à l'abri – sous l'aile. À y bien réfléchir, elle n'est même pas mon souci principal. Mon souci, à moi, ce serait plutôt le village d'en face. Je suis un bourrin et je fais le bourrin pour que tous ceux qui ont du gaz puissent flamber. Ma joie à moi, c'est de faire enclencher la marche arrière au pack d'en face ; les jours de liesse, c'est de leur faire prendre le baptême de l'air. On fixe, on pousse, on fait clair, on fait calme, on est ce qui dure dans le village. Derrière, ils dessinent des diagonales, ils inventent, ils fabriquent des buts. Leur travail mérite le respect, alors, nous fabriquons du respect chaque fois qu'il le faut. Ce n'est jamais pour le plaisir que j'ouvre la boîte à gifles : quand vous avez un trois-quarts qui relance depuis le vestiaire ou un demi qui a un coup de pied UAP, vous n'avez pas le droit d'accepter qu'un mulet du village d'en face vous le poivre. Il vaut mieux donner avant de se faire offrir.

J'ai jamais vraiment peur sur le terrain. Je porte un serre-tête en sparadrap parce que j'en ai un peu assez de me faire arracher les oreilles, mais même quand j'en prends plein la gueule, je ne suis pas vraiment en danger, je sais qu'on est entre nous, à la maison. Je sais aussi que je ne suis pas un surhomme : par tempérament, je suis tambour et je mets les mains là où les autres hésitent à mettre les pieds, mais j'ai mes dimanches noirs, ceux où je traînasse sur le terrain, où je fais les bordures. C'est ma nature. Je suis un peu flemme mais je n'arrive pas vraiment à m'en vouloir : si on jouait trop bien, si on gagnait tout le temps, le village serait en danger parce que pour progresser encore, il faudrait fatalement un jour faire venir des étrangers.

Sprinter

Notre sprinter secoue les muscles impression-
nants de ses cuisses, pousse sa jambe arrière dans le
vide avant de poser ses pointes sur le starting-block,
place ses doigts de façon maniaque sur le bord de la
ligne blanche, courbe la tête et loge son esprit dans
ses reins. Si tout se passe comme prévu depuis neuf
ans qu'il court, dans moins de dix secondes, il aura
parcouru cent mètres à 37 kilomètres à l'heure.

Notre sprinter est une machine brutale quasiment
inréglable qui doit concilier le goût de la crise et la
plus vaste patience. Le cent mètres est une course
interminable. Une course où il est impossible de
rester soi-même d'un bout à l'autre : ou bien on part
comme une bombe et on s'épuise en route, noué par
l'angoisse d'être rattrapé ; ou bien on accélère pro-
gressivement et on se raidit, noué par l'angoisse de
ne pas rattraper.

Il n'y a pas de coureur de cent mètres amateur.
Les forêts sont pleines de marathoniens du

dimanche, de crossmen de dix-huit heures trente ; il n'existe pas de sprinters des bois.

Il est vrai que les grands sprinters sont des illusionnistes, ils donnent à penser que leur art est affaire de dix secondes, et dix secondes ne font pas un loisir. En vérité, chaque cent mètres n'est que la pièce d'un recueil de courses parfaitement organisées et graduées, parfaitement cultivées pour que *le* cent mètres olympique ou *le* cent mètres des championnats du monde rassemble en un éclair des milliers d'autres. Il faut alors tenter d'être parfait : être parfait, c'est partir vite, courir vite et juste, avoir dès le début le projet de la fin que l'on voit clairement à l'extrémité de la ligne droite, garder son couloir et vaincre l'adversaire par la seule force de son esprit.

Le plus ardu, lorsque cet adversaire a pris cinq millimètres d'avance, est de ne pas se durcir, de ne pas tenter de se transformer en obus, en balle – ce serait trop facile. Il faut garder le buste souple et les bras mous pour que, dessous, les jambes effacent le sol à force de ne plus vouloir le toucher.

Être sous les ordres du starter, pour un coureur de fond, c'est un moment béni : celui où l'on va se libérer de ses angoisses, enfin courir, enfin jauger ses concurrents, enfin développer ses stratégies. Pour les sprinters, c'est un moment à gommer.

Notre sprinter est verdâtre. Son esprit s'est vidé au point que le coup de pistolet y résonnera jusqu'aux applaudissements. Il a pourtant déjà fait l'essentiel : le plus harassant pour un sprinter, ce sont les cinquante mètres qu'il faut courir à fond dans la tête pour être à pleine vitesse dès l'instant du départ.

Surdoué

Tom Scotti était un garçon parfaitement intelligent et parfaitement équilibré qui avait décidé très tôt d'utiliser son intelligence et son équilibre dans le sport. Doué pour tout, il était d'autant plus redoutable qu'il savait faire le tri dans ses dons.

Il voulait réussir vite et vivre vieux en état de parfaite santé physique et mentale.

Côté mental, il savait que le sport ne pouvait fabriquer que de l'échec et que, plus sa réussite d'athlète serait énorme, plus son échec serait patent. Les sportifs sont deux fois mortels. Champion en exercice, il aurait à redouter la défaite, champion invaincu, il aurait à redouter le jour fatal du retrait.

Avant même d'être professionnel, il fixa donc le jour où il s'arrêterait et décida de bâtir sa carrière en fonction de sa reconversion. Son plan de vie n'était pas un plan de progression athlétique, mais un plan de carrière à facettes multiples. Il aurait pu être un sprinter ou un nageur mais le marché des chaussures à pointes et des maillots de bain était bien menu et bien ténu. Il aurait pu être tennisman ou skieur, mais Lacoste et Killy encombraient le terrain. Il opta pour la moto et devint le prodige que l'on sait : l'homme des défis impossibles, le seul à passer de la piste au cross, de la vitesse à l'endurance, du trial au raid. Le « fou » comme l'avaient surnommé ses fans. Il piquait des freinages à Randy Mamola et giclait plus haut que Malherbe et Vimond dans les bosses. Il collectionnait les titres et, si les circonstances commerciales l'exigeaient, acceptait sans rechigner d'aller dans les courses africaines « slalomer entre les Bantous », selon sa célèbre expression (ce qu'il détestait).

Il bénéficiait des meilleures machines et faisait le métier sérieusement. Belle gueule, sourire ravageur, cœur gros comme ça, tête de bois, muscles de fer, il s'entraînait comme un forcené, courait, sautait, gagnant partout en force et en souplesse.

Il excellait dans ces rencontres plurisports qu'organisait la télé américaine et on le voyait dans un sourire survoler ses rivaux champions dans toutes les disciplines qui n'étaient pas les leurs. Il les écrasait au golf, en planche à voile, au sprint, au lancer de marteau…

À trente-cinq ans, l'année de son huitième titre de champion du monde, il arrêta tout et se retira de la scène sportive dans les hurlements de ses supporters. Il était alors un homme très riche et entendait bien ne pas en rester là.

Le lendemain de sa dernière course, à neuf heures pile, il s'asseyait derrière son bureau. Les hommes d'affaires, les vrais, lui proposèrent de mimer la réussite sociale pendant qu'eux feraient tourner la machine. Il refusa.

Importateur de sa marque, il monta une usine de cuirs et lança une ligne de sportswear (les fameux Scotti-Shirts), signa des casques, constitua une société immobilière, une officine de placements en bourse et, fierté des fiertés, inventa une école de communication pour apprendre aux sportifs de haut niveau à parler dans le micro, à se faire une tête et à ne pas être dupe des manipulations de leurs présidents de club, de leurs sponsors, de leurs fédérations et des journalistes. Il voulait responsabiliser les machines à courir, les machines à lever la fonte, les machines à avaler le bitume.

Il évita soigneusement toutes ces réunions d'anciens champions qui survivaient dans le souvenir de leurs vieux buts, qui racontaient pour la millième fois leurs vieux sprints, leurs vieux rounds décisifs, leurs vieilles accélérations, qui tenaient les jeunes athlètes pour fainéants.

En quelques années, il était milliardaire. Aux journalistes qui l'interrogeaient pour savoir s'il ne regrettait pas le temps de ses victoires sur deux roues, il répondait en riant qu'il n'avait pas le temps. Il n'avait pas le temps de grand-chose en vérité et sa vie n'était qu'une longue accélération.

Pendant la réunion du conseil d'administration qui devait décider de la prochaine implantation de l'ensemble de ses activités aux USA, il fut conduit à tendre le bras pour désigner un graphique tracé sur le paper-board. Il regarda son doigt hésiter une seconde avant de se poser sur le point qu'il visait. Cette hésitation le troubla. Le sport lui avait donné une précision redoutable, une efficacité gestuelle et une conscience de son corps qui avaient fait merveille dans ses nouvelles activités. Il manipulait la souris de son ordinateur à une vitesse de champion et grignotait sur chaque geste des dixièmes de secondes qui s'entassaient en heures de travail gagnées sur la concurrence.

Ce geste mou lui fit prendre conscience d'un vide qui s'était sournoisement creusé en lui. Il était en manque de courbatures ; toutes ces petites douleurs musculaires que l'effort efface en les reconstruisant et qui bornent si bien le corps des athlètes, le dessinent dans l'air, lui donnent son volume juste, sa conscience et sa précision d'outil éternellement perfectible.

Il décida de s'implanter aux USA, mais ses collaborateurs remarquèrent la légère mollesse de sa décision, comme une petite hésitation de trajectoire à l'entrée d'une courbe, au moment où votre genou intérieur frôle déjà le goudron.

À compter de là, il s'enfonça dans une douloureuse et durable dépression nerveuse, de celles qui frappent les gagneurs et sur quoi bute la médecine.

La forme

Lorsqu'ils montent les cols, leurs visages sont de vieillards. Dix minutes après l'arrivée, au sommet, ils sont redevenus les enfants qu'ils sont, avec des joues et des yeux de gosses, avec des attitudes d'adolescents, avec une tête réjouie à recevoir leur premier vélo.

Celui-ci a trouvé refuge sous la tribune de presse. Il s'est assis sur un croisillon en tubes. Une bouteille d'eau à la main, il récupère. Ses yeux sont mobiles, il est détendu, dans un demi-sourire. Ce que l'on voit de sa peau est bronzé. Il a perdu quatre ou cinq kilos dans sa journée et il est déjà en train de reprendre le deuxième.

Des coureurs passent la ligne, éloignés les uns des autres, livides. Il faudra attendre encore vingt minutes pour voir arriver le peloton des attardés que les coureurs appellent l'autobus. Au-dessus de lui, sur le praticable, les gros bras répondent aux interviews en direct. C'est un va-et-vient des mécaniciens, des techniciens, des commissaires, des chronométreurs, des gendarmes. Il fait beau. Le public se presse contre les barrières. On veut toucher les coureurs.

Il est bien. Il fait vibrer les muscles de ses cuisses qu'il a ronds. Il se passe la main sur les mollets et se dit qu'il devra se raser le lendemain matin. Dans deux heures, à l'hôtel, ce sera son tour de se faire masser. Pour l'instant, personne ne s'occupe de lui et c'est un bon moment.

De grands oiseaux volent haut dans le calme de la montagne, au-dessus des téléphériques et des remonte-pentes. Il n'y a pas un souffle de vent. L'hélicoptère de la télévision s'est posé :

Quelques phrases lui tombent dans l'oreille. Un journaliste dont il reconnaît la voix parle avec le maillot jaune :

– Comme on le sait, la bicyclette est le sport le plus dur, le plus terrible, surtout les jours comme aujourd'hui où vous devez enchaîner trois cols et où la course se joue. Où puisez-vous la force et la volonté d'aller si loin dans la douleur ?

Il ferme son oreille à la réponse. Il sait que le maillot jaune racontera ce que son directeur sportif lui a dit de raconter, ce que son employeur veut qu'il dise, ce que le peloton dit, ce que dit *L'Équipe* : le vélo fait mal aux cuisses, aux mollets, au moral, aux reins, à l'honneur ; il faut pédaler malgré la pluie et la diarrhée, et tout cela est une torture à 12 000 francs par mois avec, en prime, le titre ronflant de « forçat de la route »...

Il a remonté les jambes de son collant pour faire dorer un peu le haut de ses cuisses.

De l'autre côté du poste, les téléspectateurs opinent du bonnet, heureux de vivre dans leurs pantoufles et de regarder s'épuiser les autres.

Un reporter qui descend de son perchoir lui passe la main dans les cheveux :

– Alors, Jésus, on se croit à la plage ?

La foule se disperse lentement, marquant son passage de chapeaux en papier froissés, de listes des coureurs avec leur numéro et la couleur de leur maillot. L'autobus arrive enfin, avec son métronome devant et la voiture-balai immédiatement derrière.

Il aurait dû être là, dans le paquet des attardés qui règlent leur allure pour éviter l'élimination. C'est le lot des équipiers de la plaine, de ceux qui ont renoncé au classement général, au classement par points, au classement par équipe ; de ceux dont le leader a renoncé au maillot jaune et qui s'économisent pour tenter, avant Paris, de mettre le nez à la fenêtre.

Il avait eu envie de les attendre sur la ligne d'arrivée, sans trop y penser. Il leur devait cette patience, parce que ce jour-là il avait connu ce qu'aucun journaliste et aucun téléspectateur ne connaîtrait jamais, ce que le peloton ne dit jamais, ce qui fait que parfois, pour monter le col le plus terrible, pour avaler les pavés ou digérer la plus longue étape de plat, c'est au fond du plus grand bonheur que vous allez chercher la force de continuer et d'accélérer : il était en forme.

Avec un gros quart d'heure de décalage, il était sûr d'avoir monté l'Alpe d'Huez aussi vite que le

vainqueur : 42×22, 42×23, les mains en haut du guidon, il était monté comme dans une chanson. Un
seul sourire. La brise lui soufflait dans le dos, le
soleil n'était pas trop chaud, chaque rampe, en sortie
de virage, était une invitation à bondir, il se régalait
du paysage, regardait l'architecture des chalets pour
s'en faire bâtir un, s'amusait de la dégaine des spectateurs, comptait les rangs de têtes et se prenait d'un
amour inouï pour la côte. Le revêtement rendait
bien, les boyaux sifflaient juste, il passait en danseuse sans à-coups… Tout chantait et il aimait tellement son métier.

Il en avait remonté des dizaines : les sprinters, les
routeurs, les équipiers du petit matin, les cuits, les
ramiers, et puis, dans les longues rampes traîtresses
de la fin, celles qui commencent après le vingt-
deuxième lacet, il avait repris quelques grimpeurs,
des Colombiens, des Espagnols. Ceux qui s'étaient
risqués à sauter dans sa roue avaient vite lâché et,
lui, sans s'essouffler le moins du monde, sans
jamais ralentir, faisait le compte des jours de sa vie
où il avait pédalé comme dans un rêve, où ses
jambes étaient d'huile et de fer, où sa tête était en
musique et son cœur gros comme la montagne. Ces
jours-là étaient son secret et le secret de tout le
peloton. Celui que le peloton ne partage qu'avec le
peloton.

Il se leva pour rentrer à l'hôtel. On lui annonce-
rait qu'il était 30ᵉ ou 40ᵉ et il demanderait au patron
d'envoyer des fleurs à sa femme. Elle le gronderait
doucement dans sa prochaine lettre, à cause de la

dépense (avec elle, il ne redoutait rien de ses vieux jours – ceux qui commencent à trente-trois ans).

Cuissard toujours relevé, il sautillait au milieu de la chaussée comme une danseuse sur cale-pédales. Au passage, il attrapa, par les cornes, sa belle bicyclette.

Lanceur

Je fais un sport imbécile et je le pratique bête-
ment. Dépisté à l'âge de sept ans parce que tous
mes copains (et toutes mes copines, hélas) m'appe-
laient le gros, parce que j'avais une tête de plus que
le géant de la classe, parce que je n'ai jamais pu me
glisser dans l'espace réglementaire entre le banc et
le bureau, parce que j'ai des bras de singe, des
mains de battoir, des genoux comme des troncs et
un visage taillé au chalumeau.

J'ai vingt-six ans, je lance donc depuis dix-neuf
ans et je suis le plus marteau d'Europe depuis cinq
ans. Je ne serai jamais le plus marteau du monde à
cause d'un Américain.

Pour cette boule de fonte de 7,26 kg au bout de
son câble de 1,19 m, je travaille, je tourne en rond
dans ma cage, sans illusion : peut-on vraiment être
un écureuil de 126 kg ? Je porte des genouillères, des
coudières, des chevillières, une ceinture de force,
j'use des dizaines de semelles Adidas (et on me
donne 15 000 francs par mois pour le faire). Je suis
conforme à ce que l'on attend de moi et je craque de

partout. Pour cette boule, je prends des anabolisants, des amphétamines et j'ai honte. Je m'arrache les tendons. Je m'humilie en pissant devant des nains en blouse blanche qui me discréditent et que l'on discrédite quelques jours plus tard en me remettant dans un circuit que je n'ai jamais quitté... Au fil de ma carrière, j'ai vu la cage monter, la porte frontale se réduire, notre isolement augmenter, à cause de cette fâcheuse manie qu'avaient prise certains d'entre nous de lâcher leur engin dans le public.

Je tourne de plus en plus vite sur moi-même, ce qui m'occasionne un léger vertige et me coupe encore plus du monde. Un balancier du marteau, un tour pour mettre tout en branle, un second, un troisième, un quatrième pour accélérer et un cinquième pour lancer. Je suis écœuré. Au moment où je pousse mon petit « han » final, celui du devoir accompli, j'ai pris l'habitude de baisser les yeux. Je ne peux plus supporter l'idée de regarder l'endroit où mon marteau va tomber. Cette motte de terre soulevée me lève le cœur. Au moment où j'ouvre ma main gantée, où je subis la torsion maximale dans mon genou droit, je peux dire à cinq centimètres près où va tomber l'engin et je ne peux plus voir ça. J'ai l'impression que si j'avais balancé toutes ces tonnes de fonte dans l'eau, j'aurais, au moins, fait des ronds.

Ensuite, je sors de la cage en quittant mon gant, j'enfile mon énorme survêtement pour rester chaud et je m'ennuie.

On ne dira jamais assez la tristesse des poids lourds. À part quelques boxeurs noirs américains, pas un n'a trouvé le chemin de son corps. Je ne sais même pas sautiller et j'use un pantalon par mois à frotter mes cuisses. Les haltérophiles ont au moins cinq minutes de bonheur lorsqu'on les déclare «l'homme le plus fort du monde». Nous, les lanceurs, nous nous ennuyons. Nous restons assis à attendre sur les bancs renforcés. Nous nous connaissons tous, sans nous aimer, sans nous haïr, et j'ai l'impression de ne pas avoir d'adversaire.

Mon seul ennemi, en fait, et c'est un ennemi qui ne m'honore pas, c'est le coup de déprime du deuxième tour. Celui où il est déjà trop tard pour renoncer à lancer et où l'on est encore si loin du bout de son geste. C'est aussi important que le deuxième saut pour le triple sauteur, mais, lui au moins, il vole.

Collectif

C'était un sportif goûteur, un gastronome de l'exercice dont les gourmandises allaient aux sports collectifs. Il avait commencé par le volley-ball où il s'était taillé une belle réputation de passeur. Un peu petit mais très véloce et très précis, il avait vite trouvé sa place, dos au filet, entre ces malabars qui smashaient dans toutes les positions et qu'il faisait flamber avec délices. Pour salaire de ses passes divines, lorsque le point était gagné, on lui tapait du bout des doigts sur le bout des doigts. Ainsi veut l'usage : pour se congratuler, les volleyeurs se tapent sur les doigts, sans douceur et sans violence, dans un geste tourné vers soi-même qui prolonge le geste sportif lui-même et conjure les coups de règles des instituteurs de nos pères. Il était toujours le premier à tendre les mains, paumes en l'air, et à entamer ce mouvement tournant qui allait le conduire à sa nouvelle place. C'est autour de lui que les smasheurs dansaient, comme s'ils ne cessaient de rebondir à peu de frais entre deux bonds géants.

Il aimait beaucoup les coudières et les genouillères qu'il devait porter pour plonger sans retenue sur le parquet, il aimait beaucoup le maillot rouge et blanc de son club, aussi eut-il un léger pincement au cœur le jour où il devint basketteur.

Le passage fut rude : d'un univers de partenaires savamment ordonné, il passa à un monde touffu dans lequel s'agitaient partenaires et adversaires selon des lois plus dures et plus improvisées. Il dut découvrir le contact ; les coups d'épaules dans la raquette, le pivot de 105 kg qui vous écrase le pied en retombant, les ongles qu'on laisse pousser et qu'on vous enfonce dans les côtes, les coups de genoux dans la figure que l'on distribue dans la cohue dès que l'arbitre se retourne, ces prétendues « passes tendues » qui propulsent un gros ballon bien grenu comme une claque sur votre fin visage… Il apprit bien et vite, retrouva les genouillères et dut s'habituer à gifler les paumes de ses partenaires. Le bonheur d'avoir marqué s'exprimait ici en claquettes allègres sur le mode *mano a mano* qui le renvoyait au temps de l'école primaire où il jouait à « tiens voilà main droite, tiens voilà main gauche ».

Contact pour contact, il eut un jour l'envie d'un contact licite dont les violences et les ruses étaient partie du jeu. Il se fit rugbyman. Ce fut sa seule expérience sportive un tantinet désastreuse. Poussant en fond de mêlée, il retrouvait ces atmosphères sinistres d'arrière-salles de bistros crasseux dans lesquelles s'éternisaient d'épaisses troisièmes mi-temps. Ce qui faisait l'enchantement des fanatiques faisait son drame : il trouvait l'équipe hétérogène avec ses lourdauds, ses rusés, ses véloces, ses mollassons, ses abrutis, ses stratèges. Un sport qui lui sembla tout à l'image de son ballon : pointu aux deux bouts, imprévisible dans ses rebonds, peu maniable... La joie de gagner ou de bien faire ne trouvait pas ses rites et ses modes d'expression. On marquait et on se hâtait de reprendre sa place, presque honteux. Un jour qu'il avait réussi un beau drop, son capitaine qui remontait le terrain à ses côtés lui donna une tape sur les fesses pour le féliciter. Cette familiarité lui parut insupportable et huit jours plus tard, il rendait son maillot.

Il renonça à ses bras qui avaient jusqu'ici assuré sa carrière et devint footballeur. Les choses étaient moins rudes, le ballon d'une forme plus rassurante et, sous les bas à rayures, il cachait une robuste paire de protège-tibias. Après un assez long et fastidieux apprentissage, il trouva le chemin des buts, et, dans le même mouvement, celui d'un bonheur collectif bien compris. À son premier exploit, on se rua sur lui pour l'enfouir sous une pyramide de footballeurs enthousiastes qui voulaient à tout prix le toucher, le décoiffer, le féliciter... Il crut s'enfoncer dans le gazon, étouffer sous le poids. On ne le lâchait pas...

Sous la douche, encore ému et vaguement lyrique, il se promit que tant qu'il tiendrait debout, il serait un sportif car le sport était une des plus belles choses que l'homme ait inventée pour toucher les hommes.

Le perchiste

Je suis amoureuse du perchiste et le perchiste m'aime bien. Il vit dans mon deux-pièces, loin du stade, et il se tient le plus souvent assis dans mon canapé. Parfois nous l'ouvrons.

Le perchiste est un perchiste de haut niveau ; disons, pour simplifier, qu'il fait partie du petit groupe des cinq ou six qui usent leur vie à sauter à la perche. Il est du clan de ceux qui frisent les six mètres.

À l'instant même, le perchiste est précisément dans mon canapé, assis à la façon des athlètes, nonchalant, les jambes en l'air, la nuque posée sur l'accoudoir. Lorsque tout va bien, les jours où il ne saute pas ou ne s'entraîne pas pour mieux sauter, il est dans un demi-sommeil indolent. Aujourd'hui, et ce n'est pas une exception, il va mal. Il est enfoncé dans son tourment de perchiste. Son visage est fermé. Pour qui ne connaît pas bien les perchistes, il a l'air de mauvaise humeur. Il n'est pas vraiment de mauvaise humeur pourtant, sinon contre lui-même, il est seul, il est malheureux, il est comme au bout du sautoir, sans personne derrière lui pour lui monter les fesses vers la barre. On pourrait dire qu'il n'est pas à prendre avec des pincettes, en fait il est tout bonnement imprenable. Si je lui touche les mollets, ils sont durs comme du bois, si je lui touche les épaules, elles sont tétanisées. Il est caparaçonné dans ses muscles et muré dans sa tête. Ce n'est pas son incapacité qui le paralyse, ce n'est pas un problème de course ou de piqué, ce n'est pas non plus ce geste complexe de retournement que je le surprends si souvent à esquisser dans la vie, ce n'est rien de tout cela. Il résout tous ses problèmes techniques un à un, avec méthode, au prix de répétitions forcenées. Non, il n'a pas de faille technique, il a *peur*.

La seule chose au monde qui puisse maintenant lui faire peur, c'est lui-même – depuis cinq ou six jours, disons.

Il ne redoute pas ses adversaires – il sait qu'il peut tous les battre, même le Russe. Il ne redoute pas les sautoirs – il les connaît tous. Jamais il n'a été aussi sûr.

Tout à l'heure, il allumera une cigarette et boira une bière par esprit de transgression. Si je lui parle, il ne me répondra pas. Si je lui demande d'aller chercher du pain, il ira à contre-cœur et remontera épuisé – *vraiment* épuisé (j'habite au deuxième étage).

Un perchiste est un homme qui ne doit pas avoir de problème. Pour cela, il a deux entraîneurs, un médecin, un kinésithérapeute, un psychologue et un sophrologue. S'il le souhaite, on peut aussi lui dire la bonne aventure. Il serait bon également qu'il n'ait pas d'histoire de cul – dans l'espèce, il a moi, et je ne suis pas vraiment une histoire. Il ne doit pas non plus avoir de problème d'argent et, pourtant, les meilleurs perchistes doivent veiller à être les mieux payés – au tarif des meilleurs ; mais là encore, c'est son manager qui s'en occupe et c'est un bon manager.

Le seul travail du perchiste, en ce moment, est de fuir tout ce beau monde et c'est pour cela qu'il est pratiquement à plein temps enfoncé dans mon canapé. Il est livide, ses joues sont creusées, la peau de son visage est devenue si blanche, si fripée. Il est enfoncé dans six mètres de malheur avec mal au ventre, mal aux muscles, mal au genou gauche. Quand je reviens du travail, il n'a pas bougé d'un millimètre, sage comme un bibelot.

Il ne reprendra son aspect véritable de perchiste que le soir où, ayant franchi sa première grosse barre, il se laissera retomber à plat dos sur le matelas de la fosse ; dans cette position abandonnée, bras et jambes écartés qui fait qu'à chaque fois j'ai tant envie de le rejoindre.

Pour l'heure, il est chez moi, aussi éloigné de moi qu'on peut l'être, aussi éloigné de lui-même que possible et aussi proche qu'il ne l'a jamais été de sa plus grande forme physique.

Sur-place

Pour Jean-Noël

Il y avait encore, en ce temps-là, un vélodrome à Saint-Étienne, un vélodrome en bois sonore et poussiéreux où le simple état de spectateur constituait déjà un risque. Les coureurs, eux, y étouffaient. Pour cette réunion qui devait être une des dernières avant la destruction de l'édifice, on avait réuni en un match triangulaire, annoncé comme inoubliable, Fausto Coppi, Jacques Anquetil et Roger Rivière, étoile montante et enfant du pays.

Par un de ses coups de magie, mon père nous avait débusqué deux places dans une loge. Une dame était installée là lorsque nous arrivâmes et semblait y être depuis fort longtemps comme chez elle. La loge était placée en bord de piste, à l'entrée du virage, et la pente qui inclinait l'anneau à cet endroit me donnait le vertige. Je n'avais plus de stabilisateurs à ma bicyclette depuis quelques saisons déjà, mais l'idée d'aller à vélo sur les parois de ce ravin me figeait de terreur. Je me montrais donc un petit garçon sage et sur mes genoux nus, j'avais posé mes mains.

Les spectateurs tapaient du pied sur les gradins. Tout tremblait et pliait. Çà et là, des supporters soufflaient dans des trompes de cuivre et je me souviens encore de m'être étonné qu'il y eût en ville autant de machinistes de tramway. Pour moi, ils étaient les seuls hommes à pouvoir souffler librement le clairon.

Se glissant dans une minuscule anfractuosité du tumulte, le speaker annonça le programme : entre quelques courses réservées aux amateurs locaux et une compétition de demi-fond derrière de grosses motos, nos trois champions (« peut-être les trois plus grands champions de tous les temps ») s'affronteraient deux par deux en poursuite et en vitesse.

On les présenta un à un, puis ils eurent le loisir de s'échauffer devant nous pendant une dizaine de minutes. Des hurlements. L'assistance était d'un seul bloc pour Roger Rivière et le lui faisait savoir de toutes ses cordes vocales.

Notre loge constituait un îlot de sagesse : mon père s'amusait du spectacle, je restais paralysé d'émotion et la dame, dans sa robe noire, dévorait le petit champion des yeux, sans desserrer les lèvres.

Roger Rivière qui tournait lentement sur la piste vint vers nous.

Il s'arrêta devant notre loge et agrippa le rebord de la balustrade, devant mon nez. Il portait des gants sans doigts avec le dessus tricoté. La dame posa sa main sur la main de Rivière, lui sourit, et dit à *mon* intention en me montrant le coureur :

– C'est mon garçon à moi.

Je fus surpris par son très fort accent stéphanois.

Il se laissa ensuite couler sans la moindre trace d'appréhension depuis le haut du virage jusqu'au bord rassurant de la Méditerranée (mon père venait tout juste de m'apprendre que c'est ainsi que l'on nomme la portion bleue et plane en bas de la piste – la seule où j'aurais accepté de risquer un pneu).

J'étais au feu d'artifice et assis à côté de la *vraie* maman de Roger Rivière.

Les courses s'enchaînèrent et je me trouvais hors du temps : Anquetil battit Coppi en poursuite, Rivière battit Anquetil, battit Coppi. Coppi battit Anquetil en vitesse et l'on arriva à la belle entre Coppi et Rivière que le speaker présenta comme décisive, les deux hommes ayant chacun gagné leur manche d'un boyau…

Il y eut un moment de tension. Je me souviens encore du silence que firent les spectateurs. Un silence plein de poussière où même l'inévitable nuage de fumée grise semblait s'immobiliser sous les projecteurs.

Comme un hommage, les deux champions prirent leur affaire au sérieux. Rivière partit devant, tout glorieux de son record du monde de l'heure, tout en puissance, Coppi derrière, comme une lame. Avant la fin du premier tour, ils montèrent aux balustrades pour tenter de se surprendre. Rivière voulait laisser la première place à Coppi afin de profiter de son aspiration lors de l'emballage final. Coppi ne se laissa pas piéger et Rivière se résolut à lui infliger une séance de sur-place. Il s'arrêta. Coppi s'arrêta deux mètres en retrait, en équilibre sur ses pédales. Le plus nerveux des deux, le plus contracté, craquerait le premier et prendrait inévitablement la tête.

Rivière avait choisi de s'immobiliser quelques centimètres devant nous, à l'endroit précis d'où il pouvait plonger et prendre un maximum de vitesse. Il était là, devant moi, debout dans ses cale-pieds, le guidon tourné vers la balustrade, et les yeux en arrière, sur son adversaire.

J'aurais presque pu ne pas le reconnaître tant son visage s'était transformé depuis le début du match. Il me paraissait beaucoup plus vieux que mon père maintenant.

Sa mère avança alors les fesses jusqu'au bord extrême de sa chaise et elle posa très doucement la main sur le cuissard de son fils. Elle tremblait.

– Ça ne fait rien si tu ne gagnes pas, murmura-t-elle avec une voix de maman triste, mais va pas te tomber…

Coppi n'en profita même pas pour plonger.

Le gué

Lorsque Charlotte entra pour la première fois dans l'écurie, elle avait cinq ans. Tout était là si tiède, si odorant, si bruissant d'une vie de ventre qu'elle prit refuge entre les jambes des chevaux. Elle ne tenta pas de s'imposer à eux, de les traiter comme des toutous ou des tracteurs à l'image de ce que font instinctivement les uns et les autres, elle posa simplement sa tête sur leur genou et se contenta de caresser le bas-bout de l'encolure qu'elle pouvait atteindre en se haussant sur la pointe des pieds.

Sans rien comprendre, et simplement parce qu'elle avait chaud, quelque chose de doux sous la main, du gros parfum dans les narines, un regard en retour du sien, elle détourna leur force à son petit profit.

Les chevaux ne sont pas des animaux très intelligents, mais ce sont de formidables médiums. Avancez-vous vers eux avec peur, ils capteront votre peur, en joueront et vous la rendront sous forme d'une terreur compacte et souvent définitive. Venez à eux énervé, ils vous donneront des leçons de nervosité. À la façon que vous avez de poser le tapis de selle sur leur dos, ils savent quel cavalier vous êtes. Le poids de votre pied gauche dans l'étrier vous trahit. Le premier ordre que vous leur donnez peut vous valoir une heure d'enfer.

La gamme de leurs mauvaises humeurs est large et subtile, depuis la ruade brutale qui vous laisse à terre pour le compte, jusqu'à l'indifférence absolue qui transformera votre promenade en un interminable pique-nique. Insensible à vos injonctions, votre monture (?) broutera l'herbe des fossés, arrachera les jeunes feuilles des branches basses, sortira du chemin pour un pissenlit et ne consentira à prendre le trot qu'au retour, en vue de l'écurie et de sa mangeoire. Vous devrez alors soigneusement baisser la tête pour ne pas vous heurter à la poutre du box, car elle ne vous laissera même pas le temps de descendre.

Elle vous aura trimbalé pendant une heure et se foutra de vous avec tout le mépris que suscite l'incompétence. Lorsque vous reviendrez, un mois plus tard, après avoir guéri vos bleus aux fesses et refait le plein d'énergie, elle vous reconnaîtra à la façon que vous aurez de poser sur son dos le tapis de selle et vous resservira la même tisane.

Les chevaux sont gros et forts. Ils peuvent vous casser en deux sans qu'aucune lueur n'allume leurs yeux paisibles, ils peuvent vous mordre, vous botter, vous vider. La force est de leur côté.

La mémoire aussi est de leur côté : les hommes sont la grande affaire de leur destin alors que depuis longtemps, les chevaux ont cessé d'être la grande affaire du destin des hommes.

Puisqu'ils sont devenus votre luxe, vous leur devez le raffinement. Le dialogue avec eux se doit d'être impeccable et la perfection de l'obéissance ne tient qu'à la perfection de l'ordre. Jusqu'à ce moment béni du dressage où l'on ne sait plus qui du cavalier ou de son cheval enseigne quoi à qui. Ensemble, ils cherchent.

Il y a dans tout cela de l'apprentissage, de la patience, de l'art équestre, mais il y a aussi de la manière, de l'humeur.

Charlotte resta dans l'écurie des heures sans autre bonheur que celui d'être là.

La jument Paloma, puisqu'elle avait reçu de cette minime petite fille tout ce qu'elle avait à donner, ne put faire moins que de donner tout ce qu'elle avait.

Dans ce moment gracieux où le désir fait céder la peur, on hissa Charlotte sur son dos, qui prit une belle poignée de crins et elles partirent toutes deux pour une promenade peut-être interminable (elles seules peuvent aujourd'hui en imaginer le terme).

Tout ce que Paloma, en bon médium, recevait du monde, elle l'offrit à Charlotte : l'air qui lui entrait par les narines aussi bien que ce qui lui remontait par les pattes ; l'odeur des pins, les frissons du printemps, le moelleux des prés verts, la douceur d'un galop dans la petite côte sableuse, le plaisir d'enfoncer les boulets et les paturons dans l'eau fraîche du gué, les étincelles des fers sur les silex du chemin.

Elle la jeta deux fois dans l'herbe pour lui apprendre à respecter ce qui en elle était encore sauvage et, en échange, modifiait légèrement ses trajectoires dans les forêts pour qu'elle ne heurte pas du genou l'écorce des troncs.

Elle avait décidé que Charlotte serait une cavalière et que c'est d'elle qu'elle apprendrait les rudiments du sexe du monde.

Une course exemplaire

J'étais monté à l'avant du peloton pour aller pisser tranquille quand le coup est parti. J'ai senti le souffle dans mon dos, j'ai vu passer du jaune sur ma gauche comme une fusée et, sans réfléchir, j'ai levé le cul et j'ai sauté dans une roue. J'ai pédalé dans le noir pendant deux ou trois bornes avec les fesses du gars devant pour seul horizon, le feu partout. D'un coup je n'avais plus envie de pisser. J'avais mal mais j'ai tenu. J'étais peut-être dans un bon jour. Après les bornes d'enfer, on a relâché un peu la pression pour faire les comptes. Le trou était creusé, nous étions cinq devant, quatre gros et moi, le petit. Cette échappée était la bonne. Le maillot jaune nous a jeté un coup d'œil pointu pour jauger notre état, il nous a pesés, il a dû juger que c'était jouable. Il s'est mis devant sans rien demander à personne et nous a embarqués sur son braquet immense. Il n'avait pas besoin de nous pour creuser encore l'écart qu'il venait de faire. Je me suis faufilé pour être juste derrière lui dans la file. Pour mieux le voir. Tant que je pourrais tenir, je ne raterais pas une miette de son travail. J'ai senti tout de suite la lourdeur de son coup de pédale dans mes cuisses, aplati sur ma machine, bien calé dans son aspiration, j'avais un mal de chien à le suivre. Comment pouvait-il rouler si vite, seul, face au vent ?

C'était un peu à cause de lui que je roulais dans le peloton des professionnels et je n'avais jamais eu l'occasion de le voir d'aussi près. Je l'aimais, je l'admirais, je le respectais. Cela commençait dès la signature, le matin. Je ne pouvais pas le quitter des yeux. Il grimpait les marches du podium avec ses cale-pédales qui lui donnaient une démarche de lion (moi, elles me faisaient canard), avec ses jambes de bronze et ce sourire qui clamait à tout le monde qu'il était le plus fort et qu'il n'en avait rien à foutre. Il se tournait face au public, avalait son ovation et signait la feuille de départ de sa grande signature qui débordait le cadre de tous ses côtés. Ensuite, il prenait le temps de serrer des mains, de signer des autographes, de tapoter la tête des enfants, de pincer des joues roses de plaisir, d'accepter un café. Moi, j'arrivais toujours en vrac, glissant sur le sol, à la bourre pour signer, plié en deux, à la limite de disparaître sous la table, le maillot à demi enfilé, le dossard mal épinglé, et je le regardais.

Il a mené quinze kilomètres à plus de 50 à l'heure, sans demander un relais. L'ardoisier est venu nous brandir son panneau sous le nez : 4 minutes d'avance à la seule force de sa pédale. Rassuré, il a ralenti imperceptiblement et m'a fait l'honneur de me passer le relais. Lorsque je suis monté à sa hauteur, il m'a adressé un sourire et un clin d'œil. Nous étions en train de jouer une jolie farce. Je m'appliquais au relais comme jamais, j'ai fait cinq cents mètres à bloc et je me suis écarté. Il y avait du beau monde pour me doubler en file : Cappilori, le rouleur italien, champion du monde en titre dans son maillot arc-en-ciel, Van Berg, le Belge qui avait raflé Paris-Roubaix, Choustra, le grimpeur kazakh qui s'était bizarrement révélé cette année dans le contre-la-montre, et lui, en jaune. Tous des palmarès longs comme le bottin et moi qui n'avais pas encore réussi à en piquer une depuis un an que j'étais chez les pros. Je me suis replacé derrière lui. Le rythme restait très élevé et, dès que la route montait un peu, je me sentais à la limite de la rupture. Mon oreillette se mit à grésiller, je l'arrachai pour ne pas entendre. Mon directeur sportif allait forcément me dire que c'était bien et de tenir le plus possible. Je n'avais pas besoin de lui pour le savoir. Aussi longtemps que possible je resterais aux premières loges pour assister au spectacle.

Il s'offrit une dizaine de kilomètres de paix, les relais tournaient, l'avance grandissait et il ne faisait plus de doute que la partie était gagnée contre le peloton. Derrière, on devait rouler les mains en haut du guidon. Devant, je calculais combien de temps il me restait à tenir. Je savais qu'il y aurait deux bosses et que la première me serait fatale. Je savais que c'est là qu'il porterait son effort et que je craquerais à la première accélération. Je ne le quittais pas des yeux. Je buvais quand il buvait, je mangeais quand il mangeait, je me levais pour un temps de danseuse lorsqu'il le faisait lui-même. Il semblait rouler sans peur, veillant seulement à mettre un peu de pression chaque fois qu'il prenait le relais, juste pour faire sentir qu'il était le patron. Cela semblait simple d'être un champion. J'étais fasciné par sa patience. Être fort et ne faire usage de sa force qu'au bon moment. Si j'avais eu ses jambes, j'aurais tellement foncé. Il tournait tranquillement. L'échappée était silencieuse, appliquée, intense. J'avais l'impression de faire le grand métier. À l'occasion d'un relais, le mal au dos m'a saisi et j'ai passé mon tour. Cappilori s'y est collé sans rien dire. Ils ne s'attendaient pas à des miracles de ma part. Ils connaissaient leur peloton par cœur. Ils étaient quatre pour la gagne et ils savaient que ça se jouerait à la pédale mais aussi au moral. Je n'étais pas dans ces deux coups-là.

Curieusement, on a monté la première bosse au train. La cadence ne cessait pas d'augmenter pendant toute l'ascension, mais il n'y a eu aucune tentative de démarrage. Ces messieurs se mesuraient en douce, s'épuisaient sans l'avouer. Je me tenais derrière, dans mon petit enfer personnel, les yeux bloqués sur la roue devant moi, la gorge brûlante, les muscles durs, les épaules tétanisées. Je tenais.

La foudre nous est tombée dessus au sommet. Au moment où, soulagé d'en avoir fini de grimper, on se relâche imperceptiblement pour reprendre souffle. C'est là qu'il a flingué. Il se trouvait en queue de groupe et il est parti sur la droite de la chaussée, plongeant dans la descente en boulet de canon. Il y a eu une seconde d'hésitation et Van Berg a lancé la poursuite. Il savait qu'il risquait de se carboniser, mais il fallait que quelqu'un y aille. Choustra et Cappilori lui ont sauté dans la roue et j'ai fait un moment l'élastique avant de les rejoindre au bout de mes forces.

Je le voyais, deux lacets en dessous de nous, cohérent, compact, et je me disais qu'il nous faisait une course exemplaire, que j'avais de la chance d'être encore là pour quelques minutes et que ma leçon de cyclisme ne serait pas perdue. J'avais peur. La route était étroite et nous allions si vite de ravin en ravin. Van Berg avait une belle réputation de descendeur et je calquais mes trajectoires et mes freinages sur les siens. Je manquais de puissance. À la sortie de chaque virage, je prenais un petit retard. Même dressé sur les pédales, je ne parvenais pas à relancer aussi vite. C'était un sprint à chaque bout droit.

Avant le bas de la descente, nous avons revu son maillot jaune devant nous. J'étais sûr qu'il faisait exprès de ralentir. Il s'arrangeait pour qu'on le rejoigne juste au pied. Dès qu'on a repris sa roue, il en a remis une couche. Pas de démarrage cette fois, rien que de la force pure. Nous venions à peine de changer de braquet et il a fallu repartir au charbon. À la ré-accélération, j'ai été surpris de voir que mes jambes répondaient. J'ai pu suivre Choustra. Devant lui, Van Berg a pris un éclat et a lâché la roue de Cappilori. Choustra a bouché le trou, Van Berg s'est calé derrière moi, a vite perdu deux mètres, est revenu une fois, revenu deux fois et a lâché prise pour de bon. Le champion du monde, largué. Devant, le rythme ne baissait pas. Cappilori a pris le relais. Lorsque ça a été le tour de Choustra, la cadence a baissé d'un ton et le maillot jaune, qui l'a senti aussitôt, s'est reporté en tête pour l'estocade. J'ai sauté dans la roue de Cappilori, persuadé que Choustra ne ferait plus long feu. Il a tenu deux kilomètres de plus et a disparu à son tour, écœuré.

Mon tour allait venir dans la dernière bosse. J'étais fier. Je me retrouvais en tête d'une course avec les deux meilleurs cyclistes du monde. Cappilori a attaqué la bosse en tête, debout sur les pédales, sur le grand plateau. Le maillot jaune s'est porté à sa hauteur et, sans faire l'effort de le dépasser, lui a offert une agaçante séance de « roue avant ». Il plaçait sa roue juste quelques irritants centimètres en avant de la sienne. À chaque accélération, il revenait se placer à *sa* place. La première. Cappilori s'est pris au jeu, il accélérait sans cesse et je me régalais de voir le maillot jaune se reporter imperturbablement à sa hauteur et lui prendre deux centimètres. Chat et souris.

Sur une accélération minime à la sortie d'un virage, Cappilori a cédé d'un coup sec. Je me tenais dans sa roue et nous nous sommes retrouvés instantanément à deux longueurs. C'était fini. Cappilori s'est laissé glisser à ma hauteur avec un sourire. Il m'a saisi par l'arrière du maillot et m'a lancé en avant. « Allez, bouche-moi ce trou, je suis cuit. » Propulsé, j'ai bouché le trou, je suis revenu dans la roue du maillot jaune, mais lui n'a pas eu la force d'en profiter. Mis sur orbite, je me suis retrouvé seul en tête de la course derrière le plus grand cycliste de tous les temps. Derrière *mon* champion. Il montait à fond, sans se retourner, sans me voir. C'est à peine s'il se rendait compte que j'étais là.

C'était le plus beau jour de ma vie. C'était la plus belle course de ma vie, la plus belle leçon. Je ne le lâchais pas des yeux. Je l'admirais en plein effort, moi qui, d'ordinaire, ne le voyais que de loin. Il était beau. Il était fort et je l'aimais tellement que j'allais le battre.

Table

Clés pour la littérature potentielle
Denöel, 1972

L'Équilatère
Gallimard, 1972

L'Histoire véritable de Guignol
Fédérop-Slatkine, 1975
réel. Slatkine, 1981

Les petites filles respirent le même air que nous
Gallimard, « Le Chemin », 1978
et « Folio », n° 2546

La Reine de la cour
Gallimard Jeunesse, 1979

Le Goûter et la Petite Fille qui ne mange pas
(avec Jean-Pierre Enard, illustrations de Carlo Wieland)
Slatkine, 1981

Les Aventures très douces de Timothée le rêveur
(illustrations de Grégoire Mabille)
« Le Livre de Poche Jeunesse », n° 197, 1982

Les Grosses Rêveuses
Seuil, 1982
et « Points », n° P557

Un rocker de trop
(illustrations de Roméo)
Balland, 1983
rééd. Joëlle Losfeld, 2004
et « Folio Junior », n° 348

Brèves n° 20
Atelier du Gué, 1985

Superchat contre Vilmatou
Nathan, 1987

Superchat et les Chats pîtres
Nathan, 1987, rééd. 1989

Oulipo
La littérature potentielle
(en collaboration)
Gallimard, « Folio Essais », 1988

Oulipo
Atlas de la littérature potentielle
(en collaboration)
Gallimard, « Folio Essais », 1988

Les Marionnettes
(dirigé par Paul Fournel, préface d'Antoine Vitez)
Bordas, « Bordas-spectacle », 1988, rééd. 1995

Un homme regarde une femme
Seuil, 1994
et « Points », n° P125

Pierrot grandit
(avec Paul Klee)
Calmann-Lévy / Réunion des musées nationaux, 1994

Iles flottantes : l'art, c'est délicieux
(avec Boris Tissot)
Editions du Laquet, 1994

Le jour que je suis grand
Gallimard, « Haute Enfance », 1995

Pac de Cro, détective
(illustrations de Claude Lapointe)
Le Verger éditeur, 1995
et Seuil, « Points-Virgule », n° V178

Guignol, les Mourguet
Seuil, 1995
rééd. Éditions lyonnaises d'art et d'histoire, 2008

Au Maramures
(avec Bernard Blangenois et Gil Jouanard,
photographies d'Arnaud Class, Thierry Girard, Éric Dessert)
Fata Morgana, 1996

Toi qui connais du monde
poésie
Mercure de France, 1997

De mémoire de Babar
(illustrations de Jean de Brunhoff, Laurent de Brunhoff)
Hachette Jeunesse, 1998

Alphabet gourmand
(avec Harry Mathews, illustrations de Boris Tissot)
Seuil Jeunesse, 1998

Foraine
prix Renaudot des lycéens 1999
Seuil, 1999
et « Points », n° P1092

Besoin de vélo
Seuil, 2001
et « Points », n° P1015

Timothée dans l'arbre
(illustrations d'Emmanuel Pierre)
Seuil Jeunesse, 2003

Poils de Cairote
Seuil, 2004
et « Points », n° P1656

À la ville comme à la campagne
(deux vocations ratées)
Après la lune, « La maîtresse en maillot de bain », 2006
et réédité avec des textes de Yasmina Khadra,
Dominique Sylvain, Marc Villard
sous le titre
La Maîtresse en maillot de bain
« Points », n° P1911, 2008

Chamboula
Seuil, 2007
et « Points », n° P2852

Les Animaux d'amour
et autres sardinosaures
(illustrations de Henri Cueco)
Le Castor Astral, « Les Mythographes », 2007

Les Mains dans le ventre
suivi de
Foyer jardin
Actes Sud, « Actes Sud-Papiers », 2008

Méli-Vélo
Abécédaire amoureux du vélo
Seuil, 2008
et « Points », n° P2178

Courbatures
Seuil, 2009

La Liseuse
POL, 2012

Anquetil tout seul
Seuil, 2012
et « Points », n° P3055

Jason Murphy
POL, 2013

Humeurs badines
nouvelles érotiques
Dialogues, 2014

Le Bel Appétit
poésie
POL, 2015

Avant le polar
99 notes préparatoires à l'écriture d'un roman policier
Dialogues, 2016

RÉALISATION : IGS-CP À L'ISLE-D'ESPAGNAC
IMPRESSION : CPI FRANCE
DÉPÔT LÉGAL : MAI 2012. N° 109092-3 (2026508)
IMPRIMÉ EN FRANCE